VTuber인데
방송 끄는 걸 깜빡했더니 전설이 되어 있었다
나나토 나나 ill. 시오 카즈노코

카미나리 시온

“콘미코~! 모두의 마마, 카미나리 시온 이야~!”

아홉 개의 꼬리를 가진 무녀이며, 신의 사도로서 사람들의 안녕을 지키고 있다. 아홉 개의 복슬복슬한 꼬리는 감정에 맞추어 격렬하게 움직이기 때문에, 그녀의 등 뒤에 설 때는 주의가 필요하다.

이로도리 마시로

“안녕~ 콘마시로~. 이로도리 마시로, 마시롱입니다.”

그림을 그리는 것이 삶의 보람인 일러스트레이터. 조금 독설가지만, 사실은 상당히 성격 좋고 상냥한 소녀.

Live-ON

라이브온

선택받은 빛나는 소녀들

소식 | 굿즈

가이드라인 | 소속 탤런트 | 회사개요

아사기리 하레루

야호~! 모두의 마음 속 태양, 아사기리 하레루가 떠올랐어!"

두를 활짝 웃게 만드는 걸 좋아하는 활력이
치는 여학생. 모든 것에 호기심이 왕성하고 기운
넘친다. 멈출 줄 모르는 기세로 주위 사람들의
상을 아득히 넘어서는 언동도 종종 보여준다.

우츠키 세이

"안녕, 제군! 모두의 세이 님, 등장이다!"

전생에선 남자의 정기를 양식으로 살아가는 서큐버스였지만, 동성인 여자한테만 흥미가 있어서 굶어 죽었다. 환생하고 난 뒤 지금에 이르렀다. 머리의 뿔은 전생의 흔적.

야나가세 챠미

여러분을 힐링의 극치로 안내해 줄 야나가세 챠미 누나가 왔어요."

래 아싸였지만 용기를 내서 인싸로 데뷔했더니
성공. 그러나 내면은 변함이 없어서 겉모습만 인
인 아싸가 남았다.

코코로네 아와유키

"여러분, 안녕하세요? 오늘도 예쁜 담설이 내리네요. 코코로네 아와유키입니다."

담설(淡雪)이 내리는 날에만 나타나는 미스터리한 미녀. 빨려 들어갈 것 같은 보라색 눈동자의 안쪽에는 과연 무엇이 숨어 있는 것일까…….

comment

| 떴다————(･∀･)————

| 세계 1위의 방송이다!

| 시작하자마자 「드아」라니 ㅋㅋㅋ

| 엥? 누구야?

| 이것이 소문으로 들은
스트롱 후부키의 방송인가요?

| 라이브온은 라이브온이었다.

| 운영부터 환자였군.

| 내 청초한 아와유키 쨩을 돌려줘!

| 하는 짓마다 전설인 여자.

| 뇌에서 입까지 필터 하나도 없이
말하는 것 같아.

**“푸슉! 스트제로 성아
슈와 쨩이드아~!!”**

코코로네 아와유키와 꼭 닮은 초
유감 미녀. 술과 여자만 보면 정
을 못 차린다. 담설이 안 내리던
코코로네 아와유키가 자기 아파
에서 술판을 벌인 결과 이 모습
됐다는 소문이 돌지만 진위는 아
도 모른다.

VTuber인데 방송 끄는 걸 깜빡했더니 전설이 되어있었

조회수 155만회 • 1일 전 ❤9999 💔155

코코로네 아와유키(슈와 쨩)
구독자 90만명

구독중

contents

VTuber인데
방송 끄는 걸 깜빡했더니
전설이 되어있었다

나나토 나나 지음
시오 카즈노코 일러스트
박경용 옮김

프롤로그

“여러분, 오늘도 시청해주셔서 감사합니다. 다음에도 담설[#1]이 내릴 때 만나요.”

: 수고

: 오늘도 즐거웠어!

: 담설이 내릴 때라고는 하는데, 요즘 매일 방송이란 말이지. 빈도 갱장해…….

: 매일 눈이 내린다잖아. 눈치 챙겨.

: 담설이 매일 내리는 건 상냥한 이상기후.

흐르는 채팅이 얼추 멈췄을 때 방송을 끈다.

“응?”

아무래도 PC 상태가 안 좋은 건지, 잠깐 멈춘 것 같다.

“아이참…….”

딸칵딸칵 클릭을 반복해봤지만, 어째서인지 반응이 없다.

컴퓨터를 잘 모르니 이럴 때 올바른 대처법을 모르겠어.

“오?”

잘은 모르겠지만 일단 방송 화면은 꺼진 것 같다. 다행이야.

“하아.”

#1 담설 淡雪. 거품처럼 부드럽고 쉽게 녹는 눈을 말함.

한숨을 쉬며 자리에서 일어나, 혼자 사는 아파트 안을 걸어 냉장고로 향했다.

그와 동시에 머릿속이 완전히 코코로네 아와유키에서 20세 무직의 일반 여성, 타나카 유키로 전환된다.

……그래, 무직이야. 대학생도 아니고 알바를 하는 것도 아닌 순수한 NEET.

……그런 눈으로 보지 말아주세요. 제대로 된 이유가 있답니다.

고졸로 입사한 회사가 설마 순도 100%의 블랙일 줄은 몰랐지. 매일 걸레짝이 될 정도로 혹사당한 나날. 퀭한 눈으로 매일을 보냈던 사회인 생활이었다.

그런 가운데 유일하게 마음의 버팀목이 되어준 것이, 요즘 들어 단숨에 세력을 키워서 지금은 국내 톱클래스의 VTuber 운영 회사가 된『라이브온』의 화려한 VTuber들이었다.

한 명 한 명이 짙은 특색을 지니고 전개하는 그 카오스한 세계를 본 나는 한순간에 매료됐다. 그렇잖아도 적은 자신의 시간을 깎아내며 나날이 시청을 하고, 차츰 살아가는 희망으로 삼을 정도로 사로잡혀 있었다.

그렇게 정신을 깎아내면서도 어떻게든 낮은 급여로 생을 이어가고 있었지만, 일을 지나치게 한 나머지 이제는 다크홀이 되어 빛을 잃은 내 눈에 한 점의 빛을 비추는 뉴스가 보였다.

《라이브온 3기생 라이버 대모집!!》

솔직히 무리일 거라 생각했다.

실제로 너무 긴장해서 면접 때 무슨 말을 했는지 아직도 기억이 안 난다.

그러나 이것도 신의 장난인지, 어째선지 정말로 붙어버렸다.

그렇게 코코로네 아와유키라는 또 하나의 새로운 나를 받았다.

여성으로서는 상당히 장신에 등까지 내려오는 스트레이트 흑발, 새하얀 피부, 그리고 안쪽에 정체 모를『무언가』가 느껴지는 하이라이트가 희미한 보라색 눈. 이 미려하면서 미스터리한 비주얼을 더욱이 부각시킨 것은, 하얀색과 파란색이 위화감 없이 조화를 이룬 고귀한 드레스 의상이었다.

담당 매니저 말로는「일러스트레이터가 타나카 씨 본인을 모델로 해서 그려줬다」고 했지만, 나는 도저히 이런 미인이 아닐 텐데…….

참고로 일하고 있던 회사는 3기생 합격하고서 곧장 관뒀다.

아무리 그래도 조급한 결정이 아니었냐고 말하고 싶은 사람도 있겠지만, VTuber 활동은 바쁘니까. 어쩔 수 없어.

……거짓말입니다. 죄송합니다. 더 이상 그 블랙 환경에서 일하는 건 개허접 멘탈인 저한테는 무리였어요…….

하지만, 앞으로는 VTuber로서 방송을 잔뜩 해서 인기도 생기고 이윽고 수익화까지 뚫으면 꽃길이다 햣하~!!

그렇게 욕망이 다 드러나는 꿈같은 이야기가 실현될 거라고 생각하던 시기가 저에게도 있었습니다.

솔직히 말해서 인기가 없다. 진짜 처참하다. 수익화 이전의 문제다.

데뷔하고서 3개월 정도 지났는데, 같은 시기에 데뷔한 라이버들과 비교해도 채널 구독자 수나 방송에 와주는 사람이 절반 이하다. 오히려 시간이 지날수록 그 격차가 더욱 커지고 있다.

조금 전에 NEET라고 말했는데, 기업 소속 VTuber면 NEET가 아니지 않냐고 생각하는 사람도 있겠지.

현실은 그렇지 않다. 라이브온은 라이버가 받는 슈퍼챗의 배분은 많지만, 고정급여 따위는 없다. 다시 말해서 지금의 나는 진짜로 수입이 단 한 푼도 없다. 지금은 어떻게든 회사에서 일하던 시절에 가난뱅이 근성으로 모아둔 자금을 깎아내면서 생활하고 있었다.

"역시 임팩트가 부족한 걸까아……."

매니저로부터 「유키 씨는 더 자신의 알맹이를 드러내도 돼요!」라는 말을 자주 듣는데, 대체 나한테 뭘 요구하는 걸까?

아니, 내 알맹이를 드러낸다는 건 무슨 말이야? 내 알맹이를 어째서 아는 거야? 설마 면접 때 내가 뭔가 저질렀나?

여러모로 생각하다 보니 머리가 아파졌다. 이제 슬슬 모아둔 돈도 바닥을 보이기 시작해서 정신적으로도 힘들다.

그렇게 궁지에 몰린 나를 치유해주는 것이 사실은 VTuber 말고도 또 하나 있다. 이 《냉장고》에 숨어 있지.

"이제 이게 없으면 살아갈 수 없는 몸이 돼버렸어……."

취하는 것만을 철저하게 추구한 마성의 음료……. 이걸 마시면 그 순간은 피로를 잊을 수 있어………….

그래, 스트○ 제로다!

"푸하아~!!"

방송을 하고 있던 책상 앞으로 돌아와서, 시리도록 차가운 스트제로를 몸으로 흘려 넣는다.

아아, 이젠 맛있는지 아닌지도 모르게 됐지만 이게 없으면 하루를 끝낼 수가 없게 되어 버렸어…….

애당초 그렇게 술을 잘 마시는 것도 아니라 금방 취기가 돈다.

저렴한 데다가 금방 취할 수 있다니, 스트제로 최고오!!

아~, 좋구나. 어쩐지 기분이 좋아졌어.

이 잠재력이 해방되는 느낌— 참을 수 없지.

"진짜 못 참지. 이 한 캔을 위해서라면 지하제국 건설을 위해 위법적인 저임금으로 노동을 해도 좋아. 카○지 군은 맥주를 마셨는데, 스트제로는 없나?"

IQ 3 수준의 혼잣말을 하기 시작한 나에게, 더 이상 고귀한 아가씨처럼 말하는 아와유키의 흔적은 전혀 없었다.

논스톱으로 마시자 순식간에 사라지는 350ml캔.

그러나 지금의 나는 이 정도로는 만족할 수 없는 몸이 되어있었다.

냉장고에서 같이 가져왔던 새 캔에 손을 뻗는다.

이것은…….

"우햐~! 역시 롱캔 따는 소리는 최고야!!"

그렇다. 술에 굶주린 자가 손대는 악마의 발상, 롱캔이다.

또다시 꿀꺽꿀꺽 화려하게 목을 울린다. 슬프게도 이 여자, 방송에서는 조신하게 말하는 청초 VTuber란 말이지.

"읏쌰! 동기의 방송 봐야지~!"

잠시 지나자 기분도 좋아졌다. 동기 라이버인 『마츠리야 히카리』 쨩이 오늘 방송했던 아카이브가 남아 있기에 시청 개시.

히카리 쨩과는 아직 실제로 만난 적은 없지만, 이렇게 방송에서 잘 눈에 띄지 못하는 나한테도 데뷔 초부터 상냥하게 대해주는 완전 착한 애다. 그저 천사다. 죠아.

몸집은 상당히 작다. 보고 있는 나까지 이끌려서 웃게 될 것 같은 만개한 웃음이 특징적인 아바타를 가진, 활력이 넘치는 16세. 그리고 무엇보다도 겉모습과 매칭되는 폭발적

으로 명랑한 방송 내용이 정말 이름 그대로 축제(마츠리) 같다…….

코멘트도 잘 포착하고, 열심히 VTuber 활동을 하는 모습이 호평을 얻어서 지금은 3기생의 중심적 존재가 되고 있었다.

몇 번인가 콜라보를 하기도 했는데, 뭐라고 해야 하나. 순진무구함을 구현한 것 같은 애라 진짜로 엄마가 되어버릴 것 같다(진지).

"내가 마마가 될 거야!"

이것도 버릇인데, 아무래도 나는 취하면 혼잣말이 많아지는 모양이다. 머리에 떠오른 말이 머릿속의 모든 필터를 무시하고 입에서 튀어나온다니까.

애당초 낯을 가리니까 누군가와 같이 술을 마시는 일도 거의 없다. 그래서 문제가 된 적이 없기는 하지만, 위험하단 말이지.

뭐, 그래도 스트제로는 끊을 수가 없어! 스트제로는 끊을 수가 없다고, 진짜로!

"꺄하하하하하하하하!!"

방송을 보면서 품위라고는 요만큼도 없는 폭소를 터뜨렸다.

방송 내용이 게임 실황이고, 플레이하고 있는 게임은 성검(性劍)(비엔나 레전드) 전설. 포크에 찔린 비엔나와 비엔나가 부딪히면서 대전하는, 제작자의 광기가 느껴지는 게임이다.

기본적으로 게임 내용이 게임 내용이다 보니 섹드립이 많다.

"바지락조개는 빵 터지네ㅋㅋㅋㅋㅋㅋㅋ 이건 뭐 비엔나랑 상관도 없잖아 ㅋㅋㅋㅋㅋㅋㅋ."

완전히 머리가 HIGH해진 지금의 나에겐, 아무리 저속한 드립이라도 재미있는 건 재밌다.

아아, 거기다 이 방송의 위험한 점은 방송을 하는 히카리가 그런 섹드립 지식이 부족해서 명백하게 알 수 있는 단어 말고는 그냥 자기 입으로 읽어버리는 일이 많다는 거다.

완전히 신사(紳士) 호이호이[#2]다.

"허어? 완전 꼴리거든? 마마가 히카리 짱의 방송 보니까 꼴리거든?"

그러면서 계속 폭소를 하다 보니 히카리의 방송이 끝났다. 역시 히카리 짱의 방송은 최고구만!

굉장하네. 역시 히카리 짱이야. 인기가 많은 것도 이해된다. 인기가 없을 수가 없어.

그에 비해서 나는…….

"……시간도 늦었으니까 챠미 짱의 방송이라도 보고 자야지."

오전 2시를 넘길 즈음, 현실을 통감하고 슬퍼지기 시작

#2 호이호이 일본의 유명한 바퀴벌레 퇴치용 트랩. 바퀴벌레의 유인 성능이 뛰어난 것으로 유명하다.

했다. 이제 또 한 명의 동기 라이버 『야나가세 쟈미』의 아카이브를 봐야지.

쟈미는 다른 라이버와 조금 방향성이 달라서, 평소에는 갖가지 ASMR 방송을 메인으로 한다.

글래머 바디인 금발 숏헤어 벽안의 눈나가 해주는 ASMR은 좋아.

살짝 낮게 깐 느낌의 희미한 목소리가 엄청나게 졸음을 불러오니까, 수면용으로는 따라올 수 있는 라이버가 없을 것이다.

오늘은 귀 청소 방송인가 보다. 취기도 있으니, 오늘은 틀림없이 곯아떨어질 것이다.

"아아…… 위험해. 이 방송의 중독성은 스트제로랑 맞먹는다니까."

머지않아 격한 수마가 찾아와, 나는 순식간에 숙면에 빠졌다.

"쿠울……………………."

스마트폰이 시끄럽게 계속 울리고 있다는 건 전혀 깨닫지 못하고………….

맑은 아침의 타오르는 햇살이 눈꺼풀을 찌르자 잠에서 깼다.

"…………우우우, 우에에에…………."

아아, 위험해. 당장이라도 올려버릴 것 같다. 스트제로를 마시는 그 순간에는 즐겁지만, 다음 날 아침의 숙취가 최악인 건 어떻게 해줄 수 없을까?

뭐, 마시는 걸 관둘 생각은 없지만?

어차피 매일 아침은 이런 식이다. 아침에 지옥인 건 내 몸의 규칙 같은 거니까. 루틴이니까.

이제 와서 바꾸면 오히려 몸에 안 좋아요. 그럼요.

만약 방송에서 이런 말을 하면 채팅창이 「?」로 도배되겠지.

뭐, 그런 일은 평생 없을 거야. 방송할 때는 청초함을 마음먹고 있으니까 음주 같은 것도 한 적 없다고~.

"흐어?"

물이라도 마실까 해서 부스스 몸을 일으키려는 찰나, 이른 아침인데 스마트폰의 착신음이 울리기 시작했다.

아무래도 매니저인 스즈키 씨 같다.

올해 24세가 되는 스즈키 씨는 라이브온에서도 젊은 여성 매니저다. 귀찮은 일도 정면으로 맞서서 해결해가는 곧은 성격을 가져서 지금의 지위에 올랐다. 라이브온의 출세 필두라고도 불리는 실력파 사원이다.

언제나 내가 방송활동에 전념할 수 있도록 사생활부터 신경 써주니까, 만날 때마다 절을 해도 모자란 존재다.

본인에게 듣기를, 내 매니저 자리는 스스로 지원했다고

한다.

어째서 지원한 거냐고 물어본 적이 있었다.

『그건, 제가 아니면 유키 씨의 전력을 감당할 수 없을 것 같아서요.』

……이렇게 영문 모를 말을 했었다. 스즈키 씨는 외형도 태도도 체육계 같은 느낌이니까, 인도어파인 나로선 이해 못할 뭔가가 있는 건가?

"……네에."

"아! 유키 씨! 드디어 받았네요! 다행이다."

응? 무슨 일이지? 기력이 요만큼도 없는 갈라진 목소리로 전화를 받은 나와 달리, 스즈키 씨는 목소리만 들어도 알 수 있을 만큼 명백하게 조바심을 내고 있었다.

"저기, 무슨 일로—."

"쉿! 조용히! 개인정보 유출이 되면 안 되니까 지금부터 유키 씨는 가능하면 한 마디도 말하지 마세요. 그리고 지금부터 제가 말하는 내용을 가능한 동요하지 말고 받아들이세요."

"네?"

내 말을 억지로 끊으면서 스즈키 씨가 말했다.

개인정보…… 명백하게 위험한 향취가 나는 단어에 졸음이 단숨에 날아갔다.

어…… 저 혹시 저도 모르는 사이에 터무니없는 짓을 저질렀나요?

“잘 들어요. 진정하고 들으셔야 합니다? …………방송을 끄세요.”

방송을 끄세요.

방송을 끄세요.

방송을 끄세요.

같은 말이 머릿속에서 루프됐다.

방송 끄는 걸 깜빡한다……. 최악의 경우 개인정보 유출 등등으로 이어지기 때문에, VTuber가 가장 조심해야 하는 일 중 하나.

여기엔 사실 한 가지 더 악마적인 면이 숨어있다. 그리고 불행인지 다행인지, 나는 상당히 방대한 시간을 VTuber 방송에 소비했기 때문에 그 대답을 알고 있었다.

그렇다. 만약 위험한 정보 유출이 없었다고 해도, 방송 꺼진 걸 몰랐다면 대부분의 경우 시청자에게 본모습을 거의 그대로 보여주게 되어 버린다.

안 그래도 VTuber는 자신의 캐릭터라는 아바타를 롤플레이하는 존재다. 본모습을 시청자에게 보여줄 기회가 극단적으로 적다.

다시 말해서 그 희귀한 모습을 드러낸다는 것은………….

시청자들의 장난감이 되어 엄청 놀림거리가 된다는 의미다.

“으으윽?!”

순간 뇌리를 스친 것은 어제 방송을 끝내려고 했을 때 버벅거렸던 PC.

용솟음치는 식은땀과 함께 다시 한 번 PC의 방송 화면을 켰다.

그러자 그곳에는………….

: 안녕! 보고 있어~?

: 스트롱 음주 방송 좋았다네.

: 평소랑 갭이 너무 심해서 갭 모에를 초월한 새로운 무언가를 느낀 방송이었어.

: 담설이 아니라 완전히 눈보라란 느낌이었음ㅋㅋㅋ

: 좋아. 이번에야 말로 나와 함께 히카리 짱의 마마가 되어 꼴리는 시간을 보내보자고.

: 동기의 ASMR 방송을 스트제로랑 비교하는 여자.

: 나는 지금, 틀림없이 전설을 보고 있다.

: 틀림없이 VTuber계의 역사에 남을 방송이었지~.

: 왜 꼭 청초하다고 하는 VTuber는 이렇게 위험한 녀석이 많은 걸까?

: 폭소가 멈추질 않았습니다. 이렇게 꾸밈없는 모습을 보여줘버리면 미워할 수가 없지ㅋㅋ

: ㄹㅇ. 같이 스트제로 마시고 싶음.

"이게 뭐야아아아아아아아아아?!"

무심코 외쳐 버렸다.

이렇게 이른 아침인데도 눈이 돌아가는 속도로 흘러가는 채팅.

그리고 무엇보다도 지금까지의 방송 평균을 훨씬 넘어서는 시청자 수.

자세히 보니까 그렇게나 적었던 채널 구독자 수가 동기들이랑 비슷……. 아니다, 지금도 엄청난 속도로 늘고 있으니까 곧 넘겠네.

아아, 머리 아파지기 시작했어.

: 트렌드 세계 1위 축하~.

: 컴퓨터 앞에서 스트제로 마셨을 뿐인데 세계를 제패한 여자.

"세계 1위?!"

황급히 일본 1위의 유저 수를 자랑하는 SNS인 『카탓타』의 트렌드 랭킹을 봤다.

……진짜다. 믿을 수 없어. 하지만 진짜로 일본은 물론 세계 트렌드 1위가 『코코로네 아와유키』였고, 조금 아래에 『방송 사고』가 트렌드에 있었다.

아아……………. 뭐야 이거…………………….

"이야. 과연 유키 씨네요. 면접을 봤을 때부터 대체 언제 폭발할지 모른다고 각오는 하고 있었지만 설마 방송 사고로 시작할 줄이야. 상상을 초월하는 공격, 대단해요. 앞으로 저도 더 열심히 지원해줄게요!"

이런저런 일이 너무 많아서 스즈키 씨의 말이 머리에 안 들어온다.

아아……. 숙취와 머리가 처리할 수 없는 정보량으로 속이 울렁거리기 시작했어.

"우………… 우으…………."

아………… 이거 위험…….

"☆너무나도 지저분한 소리이기에 자숙 타임☆"

나는 속을 게워내면서도 간신히 방송 종료 버튼을 눌렀다.

참고로 이 방송 종료 미스는 물론이고, 전대미문의 종료 방식도 《구토식 방송 종료》란 이름으로 전설이 됐다.

제1장

솔로 방송

그 방송 종료 실수 사건 뒤, 나는 스즈키 씨에게 사죄 전화를 걸었다.

컴퓨터의 이상이 원인이라고 해도, 세상에 드러낸 추태는 완전히 내 책임이다.

당분간 활동 중지라고 통보받아도 납득할 거다. 오히려 그 기간 동안 내면에 있는 아재와도 같은 비참한 자신을 뜯어고칠 각오나, 이미 나에게 있어 살아가는데 필요한 혈액이나 물과 동일한 영역까지 와 있는 스트제로를 끊을 각오마저 하고 있었다.

그런데…….

"아, 물론 방송을 안 끄는 실수는 앞으로 다시는 없도록 해줘야겠지만, 음주는 전혀 문제없어요."

"네?"

나를 기다리고 있던 것은 예상과 정반대인 대답이었다.

"어, 어째서 그렇게 태연하신 건데요? 제가 무슨 짓 했는지 아시잖아요? 캐릭터 붕괴 레벨이 아닌 대사고인데요?! 간디가 피가 끓고 살이 튀는 스트리트 파이트 제왕이 된 것 같은 거잖아요!!"

"아뇨. 유키 씨니까 그 정도는 회사 전체에서도 예상하고 있었어요……."

"네에?"

이 회사, 지금 뭐라는 거야? 분명히 라이브온의 라이버는 전체적으로 지나치게 활발한 성격인 사람이 많다고들 한다. 라이브온은 흔히 위험한 녀석들의 모임이나 어둠 전골이라고 불리기도 하지만, 그 대사건을「그 정도」라고 부른다고요?

"그리고 3기생 모집 면접 때 유키 씨는 그 정도도 아니었거든요? 기억 안 나요?"

"네?! 무슨 말인데요?! 저 면접 때 무슨 사고 쳤나요?!"

"어, 정말로 기억 안 나요? 저는 그때의 임팩트가 너무 강해서 지금까지도 제정신인 유키 씨한테 위화감이 느껴지는데요……."

면접 본지 3개월이나 지났는데?!

"애당초, 나중에 갭 모에를 노리려고 일부러 청초를 연기한 거 아니었어요? 저는 완전히 그렇게 생각했는데요."

"아니거든!!"

"하지만 저는 유키 씨를 한○ 유지로, 에다○마 헤이하치 같은 사람으로 봤거든요."

"어어…………."

긴장 탓에 무슨 짓을 했는지 전혀 기억이 안 나는데, 나는 그 중요한 자리에서 무슨 짓을 했던 거지…….

하지만 동시에, 왜 내가 면접에 붙었는지에 대한 의문이 해결됐다.

라이브온 녀석들. 나를 초특급 위험물이라고 생각해서 재밌을 것 같으니까 채용했겠다!!

"진짜, 용케도 그렇게 빤히 보이는 지뢰를 채용할 생각을 했네요……."

"아뇨. 이쪽도 상당히 고민은 했거든요? 하지만 라이브온의 라이버 채용 기준은 《빛날 수 있는 사람》입니다. 유키 씨한테서 그걸 느꼈으니까요."

"지금의 저는 빛나기는커녕 시궁창의 오수만큼 탁하다고 생각하는데요."

"아뇨, 빛나고 있어요. 지금 코코로네 아와유키라는 캐릭터는 화제의 중심에 있습니다. 분명히 임팩트가 지나쳤다는 비판적인 코멘트도 조금 보이지만, 논란이 될 수준은 아니에요."

분명히 그건 나도 뜻밖이라고 생각했다.

사실 그 뒤로 조심조심 에고 서핑을 해봤는데, 놀리는 발언은 산더미 같았지만 회생불능으로 보일 발언은 뜻밖에 적었다. 오히려 대부분 반쯤 재미 삼아 다음 방송을 기다리고 있었다.

“그게 의미하는 건, 설령 어떤 면이라도 수많은 사람들이 유키 씨에게 주목하고, 흥미를 가지고, 매력을 느끼고 있다는 겁니다.”

“그런…… 걸까요?”

“안 그러면 다음 방송을 기다리진 않아요. 이제부터 유키 씨의 방송은 제가 전부 볼 테니까, 정말로 위험하다고 생각하면 제가 막을 겁니다. 그러니까 한번 껍질을 깨보시지 않을래요?”

“껍질을 깨다뇨…….”

“분명히 나쁜 결과는 아닐 거예요. 그리고 이미 돌이킬 수 없는 곳까지 왔잖아요? 다음부터 다시 청초 방송으로 돌아가면 위화감이 천원돌파를 할걸요.”

“윽!”

아픈 곳을 찔렸다…….

그렇게 말한 스즈키 씨는 일을 해야 한다면서 전화를 끊어버렸다.

“왁?!”

전화를 끊은 지 1분도 안 지나서 다음 통화 착신음이 울렸다.

전화를 건 것은…… 히카리였다.

우와아아. 어색해애애애…….

하지만 안 받을 수도 없고…….

좋아. 각오를 굳히자.

"여, 여보세요?"

"아! 아와유키 짱 안녕! 그리고 축하해~!! 엄청 인기 폭발이네! 세계 1위야, 세계 1위! 평소의 아와유키 짱은 그렇게나 즐거운 사람이구나! 어쩐지 꾸밈없는 느낌이라서 나도 즐거워졌어!"

"아, 아하하……."

평소랑 다름없는 음색으로 활기차게 축복해주는 히카리.

이건 새로운 수법의 도발이 아니라 정말 진심으로 축복해주는 거네. 데뷔 초부터 알고 지냈으니까 알 수 있다.

히카리는 정말로 방송을 하든 안 하든 거의 변함이 없다. 언제나 밝고 긍정적이다.

어라? 이거 겉과 속이 다른 걸로 누구에게도 지지 않는 나의 반댓말 아냐?

"아, 그리고. 한 가지 할 말 있어!"

"어, 뭔데?"

"아까 신경 쓰여서 클립 딴 영상을 봤는데."

"응응."

당연하게 클립 따여 있는 거 어이없네.

"히카리의 방송 볼 때 아와유키 짱이 말했던 《꼴린다》는 말이 궁금해서 매니저한테 물어봤거든!"

"엑."

"그랬더니 매니저가 히카리가 최고로 매력적이라는 말이라고 가르쳐줬어!"

히카리의 매니저, 너어어 무슨 짓을 한 거야아아아아?!

분명히 신이 나서 그랬지! 분명히 가르쳐줄 때 빙긋빙긋 웃었지!

"정말! 쑥스럽잖아~ 후헤헤! 또 콜라보 하자, 바이바~이!"

마지막으로 폭풍처럼 내 마음을 휘저어놓고 가버리는 히카리.

아아. 당연하지만, 이미 같은 라이버에게도 내 본성이 알려졌다는 사실에 힘이 빠졌다.

그다음에도 샤미를 비롯해서 같은 라이브온의 라이버들이 동기와 선배를 가리지 않고 채팅이나 전화를 걸어왔다. 다들 공통적으로 내 본래 모습을 봐서 재밌었다거나 기뻤다는 감상을 말해줬다.

지금 생각해 보면, 나는 지금까지 내 본 모습을 숨겨온 탓에 모두와 거리를 두고 있었을지도 모른다.

아아, 어쩐지 여러모로 생각하다 보니까 이대로 자유롭게 살아도 될 것 같은 기분이네.

그렇게 돼서 현재의 나는—.

"가보자……."

푸슉!(캔 따는 소리)

아무리 생각을 해봐도 뭐가 뭔지 알 수 없으니까 죄다 내려놓기로 했습니다!

"으랏차~ 방송 시작한드아~!"

: 떴다―――(・∀・)―――

: 세계 1위의 방송이다!

: 시작하자마자 「드아」래ㅋㅋㅋ

: 엥? 누구야?

: 시작부터 클라이막스라 개웃김

: 이것이 소문으로 들은 스트롱 눈보라의 방송인가요?

: 프로레슬러인가?

: 전혀 반성하는 기색이 없구만ㅋㅋ

지금까지 본 적이 없는 속도로 흘러가는 채팅창.

아아, 좋구만! 이건 스트제로 세 캔째와 맞먹는 쾌감이야.

"아니~ 반성은 진짜로 하고 있어, 정말로. 이제 방송 종료 실수는 평생 안 한다! 다들 죄송함다!"

: 어라? 안쪽 사람 바뀌었나? 내가 아는 아바타인데 다른 사람이 말하고 있어!

: 뭐에 씌인 거 아냐?

: 분명히 씌였지. 스트제로한테.

: 어제 소리 소믈리에라고 자칭하던 주정뱅이 리스너가 캔 따는 소리로 스트제로를 맞춘 뒤로 본인의 지하제국 발언까지 일련의 전개에 완전 뿜었음.

: 술에 관해서는 이제 반성 안 하는 건가요?

"물론 술도 끊을 생각이었는데, 어쩐지 운영측이 화를 안 내는 것 같으니까 난 이제 몰라!"

: 운영부터 환자였군.

: 여전해서 어이없음ㅋㅋ. 운영부터가 카오스니까 모이는 멤버도 카오스구만.

: 결론, 라이브온은 라이브온이었다.

: 근데 이거 이미 취한 거 아냐?

"어? 당연하지. 벌써 한 캔 비웠거든? 맨정신으로 이 많은 사람들 앞에 나설 용기가 개허접 멘탈인 나한테 있을 리 없잖아롱캔따~야지~."

: 푸슉! 이 맞냐?ㅋㅋㅋ

: 개허접(청초)

: 강하다(확신)

: 야 진짜로 마시기 시작했는데?ㅋㅋ

머리의 회전이 딱 좋게 멈춘 참에 마무리를 때려 박는 롱캔.

아아, 난 지금 최고로 충실하게 살아있어!

"꿀꺽, 꿀꺽, 꿀꺽! 으으응기이분 죽인다아아아!!"

: 어, 혹시 무슨 약 빨고 있나요?

: 영 틀린 말은 아니네.

: 마시는 소리까진 좋았는데 그다음의 괴성에 눈이 번쩍 뜨였다.

: 믿겨지냐? 이렇게나 마시는데 방송 사고 때를 빼면 방송하면서 첫 음주라는 게?

: 내 청초한 아와유키를 돌려줘!

"뭐야? 청초하거든? 이 정숙한 표정을 봐라."

나는 청초 아바타의 얼굴을 커다랗게 화면에 가져갔다. 이른바 가치코이[#3] 거리다.

지금까지는 이걸 하면 귀엽다거나 예쁘다거나 멋지다거나 하는 말들로 채팅창이 도배가 됐었지.

그랬는데…….

: 자기가 청초하다고 생각하는 스트제로 중독자.

: 평범하게 술 냄새 날 것 같아.

: 어제 방송까지만 해도 조신하게 말하던 힐링 스트리머였다는 거 실화?

아비규환이 된 채팅창이 지금의 나한테는 너무나도 재밌다.

아아. 지금까지도 즐겁긴 했지만, 오늘만큼 방송이 즐겁

#3 가치코이 직역하면 찐사랑. 연예인이나 스트리머와 유사연애를 하는 것을 뜻하지만, VTuber들은 가끔 연인과 입맞춤을 하기 직전처럼 화면을 꽉 채우는 서비스를 해준다.

다고 생각한 적은 없을지도.

아아…… 고마워, 스트제로……. 너는 나에게 치유뿐 아니라 즐거움까지 주는구나…….

반했다.

"나, 스트제로랑 결혼할래."

: 개웃긴다ㅋㅋㅋ

: 엥?

: 엥?

: 방송 중에 결혼 선언을 한 VTuber가 있다는 게 트루?

: 하는 짓마다 전설인 여자.

: 히카리 쨩이 꼴린다고 했던 건에 대해서는 뭔가 변명 없습니까?

"엉? 나는 순진한 애 엄청 좋아하거든? 그런 걸 보고서 안 꼴린다는 게 실례잖아."

: 누가 이 녀석 입 좀 막아! 입을 열 때마다 폭탄이 나온다!

: 꼴린다(박력)

: 배 아파ㅋㅋㅋ

"오히려 남자라면 여성에게 매력을 느꼈을 때 그 자리에서 바로 쳐야지. 올곧고 솔직한 남자를 여자들은 좋아한다고."

: 일리 있지.

: 없거든ㅋㅋ

: 그러면 내가 아와유키 씨를 만났을 땐 망설임 없이 치면

서 고백할게요!

“절대 하지 마, 신고한다?”

: 얘 뭐냐.

: 뇌에서 입까지 필터 하나도 없이 말하는 것 같은데.

이후로도 얼마간 이런 분위기로 잡담을 했다.

지금까지와 달리, 완전히 나의 본래 모습으로 하는 방송.

뭐라 말하기 어려운 해방감에 나는 서서히 매료되어, 꾸며낸 웃음이 아니라 진심에서 우러나온 웃음도 늘어났다.

아아, 오랜 블랙 근무와 NEET 생활로 완전히 잊고 있었는데, 누군가랑 이야기하는 건 이렇게 즐거운 거였구나…….

시간이 지나면서 점점 달아오르는 채팅창을 보며 나도 대만족이었……는데.

갑자기 바람의 방향이 바뀌었다.

: 잠깐, 2기생 와 있는데?ㅋㅋ

“어?”

라이벌 동업자들끼리 치열하게 겨루는 가운데, 지금의 라이브온은 일본에서 VTuber 운영의 톱을 달리는 대형사다.

그러나 아무리 강대한 생물이라도 태어났을 때는 작고 약한 아기다.

라이브온도 처음에는 고작 한 명의 여성 라이버에서 시작했다.

게다가 그녀는 어디까지나 아바타가 잘 작동하는지 아닌

지 테스트한다는 목적으로 태어났고, 담당한 사람도 아직 소규모 기업이었던 라이브온의 몇 안 되는 사원 중에서 선택됐다.

말하자면 시험작. 그래서 당연하지만 빈말로도 완성도가 좋다고 할 수 없는 세일러복 차림에 검은 단발이라는 특징이 없는 캐릭터 디자인과, 군데군데 문제가 보이는 부자연스런 동작으로 그녀는 인터넷의 바다에 홀로 나서게 되었다.

비주얼만 보면 명백하게 인기가 생길 요소는 제로. 첫 방송 때는 동시 시청자가 열 명조차 없었다고 한다.

그러나 아무리 아기라도 능력이 없는 건 아니다. 천부적인 재능을 가진 그녀는 태어나자마자 주위를 압도했다.

노래 방송에서는 한 번 들으면 잊을 수 없을 정도로, 듣는 사람의 마음을 뒤흔드는 힘이 넘치는 노랫소리를 뽐내고—.

잡담 방송에서는, 대체 어떤 인생을 살아오면 그런 방대한 지식이나 기발한 발상이 떠오르는 건지 물어보고 싶어질 정도의 토크 실력을 발휘하고—.

게임 방송에서는 하늘이 편들어주는 게 아닌가 싶은 허접한 운을 유감없이 발휘해서 시청자를 폭소의 소용돌이로 집어삼켰다—.

지금 라이브온에 소속된 라이버는, 모두 적지 않게 그녀의 영향을 받았다고 해도 전혀 지나친 말이 아니다.

기대를 받던 존재가 아니었음에도, 라이브온뿐 아니라

VTuber 업계 전체를 뒤흔들고 기업 라이브온의 성장을 견인한 소녀.

그것이 라이브온의 유일한 1기생이며, 아직도 라이브온 소속 라이버들 중에서 최다 채널 구독자 수를 자랑하는 『아사기리 하레루』다.

그리고 그녀가 견인한 라이브온의 인기를 결정적으로 만든 것이, 각자 개성의 덩어리라고 불러도 부족함 없는 세 명의 선택받은 2기생들이다.

한 명은 허리까지 내려오는 진홍의 스트레이트 헤어, 180센티미터를 넘는 압도적 신장의 늘씬한 몸. 머리 부분에는 소악마 같은 뿔이 돋았고, 의상은 축복받은 몸을 아낌없이 노출시키고 있었다.

마치 악당 조직의 여간부 같은 위험한 요염함을 뿜어내는 그 비주얼을 보고 대체 어떤 성격일까 기대에 부푼 시청자들 앞에서, 첫 방송부터 전직 백합 전문 섹시 여배우라는 것을 폭로하더니 좋아하는 섹시 여배우와 추천 백합 AV를 논하기 시작하여 사람들을 기겁하게 만든 『우츠키 세이』 선배.

그 대범함과 과감함에, 당시 VTuber에 푹 빠져 있던 나도 대폭소를 한 기억이 있다.

두 명째는 다갈색 호랑이 무늬 고양이 귀와 꼬리가 난 자그마한 동물 소녀다. 의상은 판타지 작품에서 볼 법한

제복을 입어서 귀여움이 눈에 띄는 비주얼이지만, 기이하게도 망겜이나 망작 영화를 선호해서 인터넷의 통칭이 《오물 정키》인 『히루네 네코마』 선배.

네코마 선배는 국내외를 가리지 않고 멋진 작품이 넘치는 게임과 영화 업계에서 어째선지 인류사의 오점이라 불러 마땅한 지독한 것들만 선호하며, 그걸 재미나게 해설하는 방송을 자주 한다.

물론 게임 플레이도 한다. 《절대 웃어선 안 되는 4ㅇ(임시)을 있는 힘껏 감정을 실어 낭독 플레이》는 나도 배꼽이 빠질 정도로 웃었다.

그리고 2기생의 마지막은 지금까지 소개해온 여러모로 튀는 세 사람을 혼자서 규합하는 인재, 『카미나리 시온』 선배. 시온 선배의 개성은 사람의 감정이 보이는 게 아닐까 생각될 정도의 통찰력이랄 수 있다.

언제나 시청자의 기대에 부응하는 것에서 한 걸음 넘어선 대응을 보여주며, 압도적인 안정감과 재미를 가진 방송은 이미 명인의 영역이다.

특히 콜라보 방송에서는 사회자나 진행자를 맡아 그 존재감을 한껏 발휘하며, 한자리에 모이면 대개 무조건 카오스 공간이 만들어지는 라이브온 멤버조차 시온 선배가 있으면 안심이다.

구미호가 몸에 깃든 무녀란 설정이 있다. 비주얼 면에서도 쫑긋 솟아오른 여우 귀에 아홉 개의 꼬리, 신비적인 무녀복에 어쩐지 덧없이 늘어진 눈가, 어깨에 닿는 길이에서 일자로 자른 검은 머리칼, 극단적인 부분이 없는 자연스러운 체형 등에서 만점의 치유 아우라가 나온다.

요즘엔 《라이브온의 마마》라고 불리기 시작해서, 본인도 상당히 적극적으로 무기로 삼고 있었다. 강력한 무기도 손에 넣어 이제 손댈 수가 없는 존재다.

길게 설명을 했지만 결국 말하고 싶은 건, 나에게는 다들 신과 같은 존재라는 것이다.

그런데…….

〈우츠키 세이〉: 동족의 기운을 느끼고 등장했다.

〈카미나리 시온〉: 역시 당신도 라이브온이었군요…….

그 신들 중에서 두 분이 채팅창에 강림을 해주신 거군요!

사실 전에 몇 번인가 후배를 생각해서 채팅창에 와주신 일이 있었다.

그러나 그때마다 극도의 긴장 상태에 빠져, 더듬거리는 대화밖에 못해서 방송이 엉망이 되어버렸다.

무슨 말을 했는지는 기억이 안 난다. 아마도 그 긴장 상태에서 더욱이 한계돌파를 하면 3기생 모집 면접 때의 내가 되어버리는 게 아닐까?

그런데 이번에는 두 명이 동시에 등장. 이런 일은 처음이었다. 평소의 나였다면 임계 돌파가 틀림없었을 거야.

그러나…….

“세이 선배, 시온 선배. 옛날부터 계속 좋아했어요. S○X를 전제로 결혼해 주세요.”

지금 나는 임계를 한참 넘어서 천원돌파를 했단 말이죠~!!

: 엥?

: 엥?

: 열렬한 프러포즈를 했던 스트제로를 고작 몇 분 만에 버린 여자.

: 너 정신 상태 이상해…….

: 청초는 S○X라는 말 안 하거든.

: 아니 잠깐만, 말의 문맥을 잘 보니까 혼전 관계는 아니야! 이 정도면 청초 아닐까?

: 역시 청초하잖아!

사랑이 듬뿍 담긴 나의 성행위 전제 프러포즈 발언을 듣고서, 폭발적인 반응을 보이기 시작하는 채팅창.

아~ 위험해. 동경하던 선배들의 등장으로 흥분이 최고조다.

“그치만 말이야? 눈앞에 최애 스트리머가 있거든? 내가 살아갈 양식이었던 사람들이거든? 보통 S○X를 요청하잖아?”

: QED. 증명 종료.

: 증명한 건 스트제로 중독자의 말로밖에 없는 것 같은데.

: 스트제로를 마신다 = 색시와 체액을 뒤섞는다 = S○X.

다시 말해서, 색시와 S○X를 하면서 선배 두 사람에게 S○X를 전제로 한 중혼을 신청한다는 건가. 그렇군…….

: 뭔가 생물에 대한 엄청난 모욕이 느껴집니다.

: 사고 친 직후의 방송에서 선배한테 백합 3P을 신청한 녀석이 있다는 얘기 듣고 왔습니다.

: 우연이네. 나도 스트제로라는 색시가 있는데 동기보고 꼴린다면서 존경하는 선배 두 사람에게 꼬리치는 VTuber가 있다는 비슷한 정보를 입수했다. 미묘하게 다른데 어느 쪽이 정답일까?

: 둘 다 정답이란 말이지…….

: ㄹㅇㅋㅋ

: 이것이 바로 VTuber의 청초란 거다…….

"에이. 다들 너무 제멋대로 말하는 거 아냐? 나는 방금 말한 올곧고 솔직한 사람을 여자애들이 좋아한다고 말한 걸 몸소 실행한 것뿐인데!"

: 언행일치의 여자, 역시 퓨어하고 청초하잖아!

: 그런 거 안 해도 돼!

: 이거 2기생 두 명은 어떻게 생각하는 거냐 ㅋㅋㅋ

: 초동 성교 교섭 덱은 온갖 덱 중에서 가장 빠른 속공형 덱이라고. 뒷일을 생각하지 않기 때문에 상대의 속성에 따라서 양날의 검이 될 수 있지.

: 자, 선배의 속성은— 어떻지?!

: 꿀꺽…….

: 두근…… 두근…… 두근……(심장 소리)

〈우츠키 세이〉: …………화끈.

: 먹혔다아아아아아아!!

: 설마 세이 님에게 효과가 굉장할 줄이야아아아!!

: 이거 진짜냐! 나도 내일 좋아하는 여자애한테 S○X 애원 프로포즈를 하면서 눈앞에서 한 발 뽑는다!!

: 헤이, 폴리스맨?

〈카미나리 시온〉: 이건 무슨 흐름이지…….

: 시온 마마 완전 당황한 거 겁나 웃긴데ㅋㅋ

: 당황을 안 하는 게 이상하잖아.

"훗. 이것이 아와유키의 힘이다. UC[#4] 틀어둘게요."

: 이 스트제로는 왜 이렇게 잘난 척이지?

: 드디어 사람으로 인식하지도 않게 된 거 실화냐?ㅋㅋ

: 네가 결투를 해야 하는 건 일반상식이라네.

: 이건 근데 그거냐? 혹시 섹세이 님이랑 아와유키 쨩이랑 궁합 끝내주는 건가?

: 섞지 마세요. ……라고 말하고 싶지만, 그럴 가능성은 높겠군.

섹세이 님이란 건 세이 선배의 애칭 같은 것이다. 세이

#4 UC 애니메이션 「기동전사 건담 유니콘」의 메인 테마곡명의 약칭이다. 잔잔한 전주에서 시작해 풀 코러스의 웅장한 곡조의 반전이 특징이며, 이를 활용한 승리 선언 밈.

선배는 평소부터 시청자와 동기에게 그 위풍당당한 방송 내용 탓에 세이 님이라고 불리고 있지만, 거기서 신사적인 내용의 이야기를 하기 시작하면 섹세이 님이라고 부르는 사람이 늘어난다.

〈우츠키 세이〉: 그런데 아와유키 군, 너한테 물어보고 싶은 게 있는데 괜찮을까?

"네? 뭔가요 세이 니…… 세이 선배?"

〈우츠키 세이〉: 오, 아와유키 군도 세이 님이라고 불러도 되는데?

"진짜요?! 기뻐요!"

라이브온 내에서, 처음엔 기본적으로 먼저 데뷔한 사람에겐 선배로 부르는 게 권장된다.

지금까지는 그걸 신경 써서 사실은 세이 님이라고 부르고 싶어도 못 불렀다.

그런데 이걸 보라고! 스트제로를 마시면 한 방에 해결! 다들 스트제로 성애자가 되라고!

아예 스트제로로 한 발 뽑도록. 스트딸을 해라.

"그래서 세이 님, 물어보고 싶은 건 뭔가요? 쓰리 사이즈? 성감대? 세이 님을 위해서라면 뭐든지 대답할 수 있다구요?"

: 트…… 트루…? ……트루 러브…….

: 에……에? ……어어…….

: 멤버가 멤버라서 대화 못 따라가는 거 웃김ㅋㅋㅋ

〈우츠키 세이〉: 그런 건 방송 아닐 때 물어보기로 하고.

: 물어보긴 물어볼 생각이네ㅋㅋ

: 섹세이 님이니까.

〈우츠키 세이〉: 본론으로 돌아오자. 물어보고 싶은 건, 네가 좋아하는 백합 AV의 시추에이션을 가르쳐주면 좋겠는데.

〈카미나리 시온〉: (ﾟДﾟ)

"한쪽 여배우가 명백하게 백합 플레이를 싫어하는 게 좋아요."

〈카미나리 시온〉: (ﾟДﾟ)

〈우츠키 세이〉: 좋아, 다음에 콜라보 확정. 스트제로를 준비해두도록.

"Yes, your majesty."

: 개꿀잼 예약.

: 정말로 이 녀석들 최고네 ㅋㅋㅋ

: 시온 마마 숨 쉬어~?

: 이것이 VTuber라는 거다.

〈카미나리 시온〉: 그, 그때는 나도 감시역으로 참가할게!

채팅창이 젖과 꿀잼이 넘쳐흐르는 땅이 되고, 염원하던 선배와 콜라보가 결정된 참에 시간도 늦었으니 방송을 마치기로 했다.

너무 행복해서 꿈을 꾸고 있는 게 아닌가 착각할 정도다.

이게 다 스트제로 덕분이야…….
그러니까 다들―.
스트제로 성애자가 되자!!

동기와 콜라보 방송

"우오오오오오오아아아아아!!!!"
어제 솔로 방송을 하고 하룻밤 지나, 취기가 완전히 깬 나는 예상대로 혼자 침대에 파고들어 몸부림치고 있었다.
아침에 눈을 떴을 때는 잠도 덜 깼고 숙취도 남아서 머리가 어제 일을 떠올리려고 하질 않은 덕분에 일어났는데, 막상 스마트폰 전원을 켰을 때 SNS로 흘러 들어온 걸 봤더니―.
방송 요약.
· 시작부터 스트제로 빨다
· 스트제로랑 결혼 선언
· 동기를 그렇고 그런 데에 쓰는 것에 대해 뜨겁게 논하다
· 선배 두 사람에게 백합 3P를 전제로 중혼을 요구함
· 한쪽 선배가 백합 AV의 취향을 묻자 꽤나 위험한 대답을 해서 양쪽 선배랑 콜라보를 성사시킴
· 스트제로 마시쪄!!
· 어이어이 이 여자 위험해

……이상의 내용을 보고 완전히 격침. 벌써 점심시간이 넘었지만 아직 아무것도 안 먹고 안 마시며 일어나지도 않고 침대에서 몸부림치고 있었다.

이, 이대로는 안 돼. 아무리 냉정해지려 해도 몇 분 간격으로 머리에 스치는 어제의 어리석은 행동 탓에 또 재기불능이 되어 버린다!

살려줘…… 누가 나를 이 수치심에서 해방시켜줘…….

"아."

문득 머리에 스친 해결책. 그것은 틀림없이 지금의 나를 자유롭게 해방시켜줄 방법이었다.

하지만 그것은 동시에 새로운 흑역사를 만들어내는 것이 거의 확정되어 있는 악마의 유혹이기도 했다.

게다가 아직 해님이 나를 보고 있다. 아무리 생각해도 손을 대선 안 되는 시간.

아아. 하지만 그 사람이 나를 부르는 소리가 들려. 사랑스런 그 사람이…….

푸슉!

"으랏차~ 오늘은 게릴라 콜라보 방송 간드아~!!"

: 떴다!!———(・∀・)———

: 푸슉!

: 푸슉!

: 다들 일제히 캔 따기 시작하는 거 대박ㅋㅋ

: 실질적으로 술자리지.

"오~! 다들 마셔라, 마셔! 참고로 나는 오늘 오후부터 마셨으니까 벌써 얼큰하게 취했다!"

: 헐……(당황)

: 이 자식, 진짜로 매번 기대를 뛰어넘는구만.

: 무기물과 동성에게 중혼 선언을 한 V된 자가 있다고 들어서 왔습니다.

: 그렇군. 이것이 다양성 사회라는 거군요(아님)

: 청초 의 법칙 이(가) 흐트러진다!

"좋았어. 다들 신이 난 참에 콜라보 상대를 발표한드아~! 오늘 와준 건~『마시롱』이다~!

"안녕~ 콘마시로~. 『이로도리 마시로』, 마시롱입니다. 저는 오늘 『아와 쨩』의 방송에 왔다고 생각했는데 스트제로가 있어서 혼란을 숨길 수가 없어요."

: ㅋㅋㅋㅋㅋ

: 자기 자식을 스트제로 그 자체로 취급하다니…….

: 오! 마시롱이네! 전에도 콜라보하더니, 정말 사이좋네.

: 마시롱, 댁의 아이가 비뚤어져서 일본 전체를 폭소로 과호흡 하게 만들잖아. 어떻게든 해봐!

마시롱은 나랑 같은 3기생이고 보이쉬한 어조의 일러스

트레이터다. 참고로 3기생은 나, 히카리 쨩, 챠미 쨩, 마시롱 네 명이다.

키는 작고 피부는 하얗다. 빛을 내는 은발 숏헤어와 빨려들 것 같은 벽안을 가졌고, 복장도 포함해서 약간 중성적인 매력을 가진 미소녀다. 완전 내 수비 범위다.

방송 내용은 나지막한 차분한 목소리로 약간 독설적인 토크를 전개하면서 그림을 그리는 방송이 인기를 얻고 있 있다.

나하고는 데뷔 때를 넘어서 데뷔 전부터 아는 사이로, 콜라보도 이미 몇 번인가 했기 때문에 채팅창도 2기생이 왔을 때보다는 차분하다.

왜 그렇게 인연이 깊은가 하면, 아까 누가 채팅창에서 말한 것처럼 마시롱은 나한테 『몸』을 준 어머니이기도 하기 때문이다.

그렇다! 마시롱은 또 하나의 나, 코코로네 아와유키의 캐릭터 디자인을 담당해준 일러스트레이터이기도 하다!

그런 관계다 보니 자연스럽게 가까워져서, 지금은 마시롱, 아와 쨩이라고 닉네임으로 서로를 부르게 됐다.

오늘은 선배와 콜라보가 결정된 덕분에 너무나도 기분이 고조되어 주체를 못한 나머지, 이 마음을 조금이라도 발산하기 위해서 오래 알고 지낸 마시롱에게 돌발적인 콜라보를 신청했지!

"오늘은 마시롱을 통해 잔뜩 쌓인 걸 발산하고 싶습니다!"

"어느샌가 동기의 노리개가 된 것에 경악을 숨길 수가 없어요. 누가 저 좀 살려주세요."

: 갑자기 터무니없는 발언ㅋㅋㅋ

: 이 여자, 지금까지 청초한 척 하면서 몇 번이나 콜라보 했던 동기한테조차 전혀 망설임이 없네.

: 알코올로 시작해서 선배 두 사람의 다음은 사이좋은 동기라니. 가리는 게 너무 없어도 문제ㅋㅋㅋ

: 한 마디라도 입을 열면 개꿀잼. 살아 있는 꿀잼 생성기다.

: 마시롱도 이 스트제로 모드는 처음 봐?

"응. 용케 지금까지 숨겼단 느낌이네."

"뭐, 오늘이 특별한 것뿐이지 평소에는 방송 끝난 다음 심야부터 마시니까. 마시롱은 그 시간엔 이미 자버렸잖아."

"그렇구나. 와, 아니 근데 실제로 보니까 상상 이상으로 엄청나네. 이제 아와 짱이라기보다 슈와 짱이란 느낌이야."

"슈와 짱?"

"스트제로가 『슈와슈와』 하고 거품이 나니까 슈와 짱. 그렇지, 이제부터 이 모드의 너를 슈와 짱이라고 불러야겠어."

"음……. 어쩐지 어디서 들어본 것 같기도 한데…… 뭐 귀여우니까 됐어!"

: 슈와 짱ㅋㅋㅋ

: 그거면 되는 거냐ㅋㅋㅋㅋ

: 스트제로에 빠져서 머리가 HIGH해진 변태잖아.

: 이건 정착될 예감 든다.

"뭐 서론은 이 정도로 해두고, 오늘은 카스텔라 답변을 한드아~!"

카스텔라라는 건 익명 메시지 서비스인데, 리스너가 갖가지 질문을 하면 메시지가 되어 라이버에게 전달된다.

질문에 대답해주면 리스너는 기쁘고, 라이버도 잡담을 메인으로 하는 사람은 특히 방송 분위기를 끌어올리는데 도움이 되기 때문에 대단히 WIN—WIN인 서비스다.

"오늘은 나한테 온 카스텔라를 메인으로 대답할 거야!"

"다들 그걸 기대하고 있을 테니까~."

"그러면 첫 번째 간드아~!"

"드아~."

: 드가자~!

: 이제 드아~는 입버릇 같은 거구나 ㅋㅋ

: 마시로 쨩도 포기함ㅋㅋㅋ

: 마시롱 강하게 살아야 돼…….

@ 지금까지 한 번에 가장 많이 마신 스트제로의 캔 수는? @

: 갑자기 스트제로 관련이냐고 ㅋㅋ

: 아마 그걸로 카스텔라 꽉 차 있을 듯.

: 스스로 그걸 건지러 가는구나…….

"이건 말이지~. 나는 술에 강한 편이 아니니까 평소에는 하루 세 캔 이상 안 마시는데, 전에 일했던 빌어먹을 블랙 직장 관뒀을 때 너무 기뻐서 기본 캔 하나에 롱캔 다섯 캔 합쳐서 여섯 캔을 마셨어요. 그래서 지금은 니트입니다."

"풉."

: 태클 걸 곳이 너무 많다삐!

: 니트라는 것도 처음 들었는데.

: 하긴 거의 매일 방송했었지.

: 그리고 너무 마시잖아……. 간 파괴 스피드런 중이야?

: 그거, 다음 날 괜찮은 거야……?

"아니, 진짜 위험해. 눈 뜨고 일어서려고 한 순간에 토하면서 쓰러졌는걸. 익사하는 줄 알았다니까."

"동기가 위험해."

: 웃으면 안 되는데ㅋㅋㅋ

: 마시롱 완전 당황.

: 토하는 걸로 방송이 아니라 인생을 끝낼 뻔 했었나(당황)

: 환희의 축배로 죽을뻔한 여자.

: ○을뻔하고도 스트제로를 사랑하는 걸 관두지 않은 여자.

"아니 슈와 쨩, 그건 아무리 그래도 위험하잖아? 오늘도 낮부터 마셨다고 했었지. 이제 그만 간에 휴식을 주는 게 어때?"

"으응, 역시 그런가아."

"슈와 쨩이 몸 망가지는 거, 나는 싫거든."

: 순수한 걱정이 존귀하다.

: 이러니저러니 해도 사이좋으니 걱정되나 보네.

: 역시 좋아하는군요오!

: 사랑이 담긴 야단은 죠아.

"좋아, 그러면 내일은 간에게 휴일을 주자! 알겠지!"

"그치만, 내일도 방송 있는데……."

"오기로라도 매일 방송하는구나."

"할 일이 하나도 없는 니트의 하루는 괴롭다구."

: 잘 알지.

: 완전히 동의.

: 완전 이해함.

: 너희들……(울먹)

"그러면 맨정신으로 방송하면 되잖아."

"으~음……."

"지금의 슈와 쨩도 재미있지만, 나는 아와 쨩도 자주 보고 싶네~."

"에잇! 마시롱이 그렇게 말하면 할 수밖에 없잖아!"

"고마워! 그러면 이제부터는 정기적으로 맨정신 방송을 하는 거야!"

"네~에!"

"훗. 계획대로."

"응? 무슨 말 했어?"

"아니? 아무 말도 안 했어."

: 완전히 넘어가는 거 개웃김.

: 현자 마시로의 함정이군.

: 냉정해졌을 때가 너무 기대된다!

: 동기의 몸을 술에서 지키고, 더욱이 꿀잼 방송의 포석을 남기는 파인 플레이.

: 청초 방송 확정 떴냐?!

"이거 봐, 마시롱! 다들 맨정신 방송 기대한대!"

"그렇네에."

"역시 다들 누가 뭐래도 나를 좋아하는구나! 에이, 평소에 쑥스러워하지 않아도 되는데~!"

"그럼그럼, 그렇지. 자, 이제 다음 카스텔라 갈까?"

"네~에!"

@ 최근에 늘 취해 있는 아와유키가 걱정입니다. 괜찮아? 스트제로 마실래? @

"마실래!"

"안 됩니다."

"아아아아아아아아아아아아아아아악!"

: 템포가 너무 좋아서 빵 터짐ㅋㅋ

: 마시롱의 대응 능력이 너무 높은데ㅎㅎ

: 2대 시온 마마가 될 수 있나?

: 시온 마마의 뒤를 잇는 것은, 라이버란 이름의 맹수를

길들인다는 것과 같은 뜻이란 말이지.

: 서커스냐?

: 시온 마마의 위장이 마하로 위험해.

@ 스트제로를 처음 마셨을 때의 감상은? @

"뭐랄까, 쓰기만 해서 우엑— 했었지."

"어머나, 뜻밖이네."

"하지만…… 다음 날 다시 봤더니 말이야……. 눈을 뗄 수가 없게 되었단 말이지."

"이거 스트제로 얘기 맞지?"

@ 스트제로 쨩만 사랑할 수 있나요? 다른 스○롱에 바람피우진 않을 거죠? @

"어, 사실 몇 번인가 다른 것도 마시려고 한 시기가 있었단 말이지."

"응."

"뭐랄까…… 사려고 할 때마다 머릿속에 그 사람의 얼굴이 떠올라서, 사는 걸 멈춰버려."

"그렇구나. 머릿속에 스트제로가!"

: 스트제로 박사님, 용서해 주세요![#5]

: 정말로 스트제로를 좋아하는구먼.

: 이 마음, 틀림없는 사랑이다!

#5 머릿속에 폭탄이! / 박사님, 용서해 주세요! 1970년대 애니메이션 「차지맨 켄!」에서 등장한 대사. 주인공이 머릿속에 폭탄이 설치된 박사를 비행선 밖으로 다짜고짜 투하하는 장면에서 나온 대사로, 인터넷에서 컬트적인 인기를 끌었다.

: 사랑?!(당황)

@ 방송 안 끊어졌을 때, 솔직히 어떻게 생각했어? ㅋ

저는 예전의 아와유키도 지금의 아와유키도 좋아합니다. 여기까지 왔으니까 이제 톱V까지 달려가버려!! @

"오, 따스한 말을 써줬네."

"그러네에……."

"응? 왜 그렇게 당황했어? 기쁘지 않아?"

"아니, 엄청 기쁘니까 지금 여기에 내놓긴 했는데, 요즘에 이렇게 직구로 오는 응원 받은 적이 없어서 어떻게 반응해야 좋을지 모르겠네……."

"개그맨이냐고. 거기다 대답도 생각 안 했어?"

"기뻐서 곧장 채용을 하긴 했는데, 거기서 생각이 끝나버렸어!"

"파블로프의 개냐."

: 슈와 쨩이 쑥스러워하다니?!

: 터○네이터가 인간의 감정을 이해하는 것 같은 모습을 보여주니까 깜짝 놀란 것 같은 반응ㅋㅋ

: 어쩌다 사고회로가 개그맨 모드가 된 거야?ㅋㅋ

"아니, 그거야 방송 사고 뒤에 오는 카스텔라의 9할 이상이 스트제로 관련이거든?"

: 아, 재송함다. ㅎㅎ

: 네가 범인이냐! 뭐, 나도 그렇지만.

: ☆5 서○트 수준의 확률로 제대로 된 응원 올 듯ㅋㅋㅋㅋ

: 아와 쨩에게 스트제로는 뽀○이의 시금치, 와○오의 마늘인 거야!(열변)

"자, 정작 질문에 대한 대답이 아직이야. 방송 안 끊어졌을 때 어떻게 생각했어?"

"아아, 그렇지! 으~음. 예를 들어서 고등학교 입학 당일에 완전 늦잠 잔 것 같은 느낌일까!"

"그렇구나. 알기 쉬운 지옥이네. 절대 체험하기 싫어."

: 우오오오오그만둬어어어어어어옛상처가아아아아아!!!!

: 채팅창에 유경험자가 있네ㅋㅋㅋ

@ 스트제로를 희석한다면 뭘로 하나요? 레○불? 몬○터? @

"다른 맛의 스트제로로 희석합니다."

"네."

@ 돈이 있으면 어떤 술을 살 건가요? @

"스트제로를 삽니다."

"네."

@ 이것만 있으면 무한히 스트제로를 빨 수 있다는 스트제로 최강의 동반자는? @

"스트제로입니다."

"네. 전부 스트제로입니다. 정말로 고맙습니다."

: 에에에(당황)

: 스트제로, 스트제로, 스트제로란 느낌이구만.

: 그걸 위한 스트제로, 스트제로, 그리고 그걸 위한 스트제로…….

: 템포가 기분죽인다아아!!

: 이 정도로 스트제로를 사랑하는데 마시는 방식이 너무 정키라서 협찬 요청 못 받을 것 같은 게 웃김.

: 아무리 그래도 공식 선전에서 「으응기이분죽인다아아아아!!」는 못하겠지.

: 이름이 슈와 쨩이니까, 엄지를 척 세우면서 스트제로에 가라앉는 CM 좋지 않을까?

: 함박웃음을 지으면서 가라앉을 것 같은데.

: 가라앉은 다음에 전부 마셔서 생환할 듯.

"진지하게 말하자면 NEET니까 돈이 너무 없어서 에너지 드링크나 안주 같은 좋은 건 못 사고, 이제 나는 스트제로의 여자니까 돈이 있어도 떨어질 수 없겠지."

"수익화가 제일 필요한 사람이 그런 BAN 직전의 방송을 하고 있는 것에 눈알이 튀어나올 것 같은 마시롱입니다."

"슬퍼지니까 다음 카스텔라 간드아~!"

@ 나 이 사람이랑 결혼할 거야…….

어째서! 어째서 결혼하면 안 되는 거야?! 정말 좋은 애란 말이야!

내가 싫은 일이 있을 때는 언제나 곁에서 싫은 일을 잊게 해주고, 정말로 즐거웠어!

이제 나는 이 사람이 없으면 안 돼! 인정해주지 않으면 사랑의 도피든 뭐든지 할 거야!

그랬던 그녀가 데리고 온 것은 스트제로였습니다⋯⋯ @

@ 스트제로「나도 널 좋아해. 하지만, 미안. 나를 좋아하는 사람이 잔뜩 있으니까 너하고만 결혼할 수는 없어! 그러니까, 나는 그냥 스치는 놈이라 생각하고 마음대로 해도 돼. 앞으로도 너희들을 계속 사랑할 테니.」@

"애절한 스토리를 연상시키는 두 개의 카스텔라에 눈물이 멈추지 않습니다⋯⋯."

"어――― 나만 이해 못 했어?"

: SS(숏 스토리) 쓴 거 개웃겨.

: 왜 스트제로가 말하는 걸까요⋯⋯?

: 키에에에에에아아아아아아아말했다아아아아아아아!![#6]

"자 그럼, 이제 밤도 늦었으니까 슬슬 끝낼까?"

"오, 알았어! 그러면 유종의 미를 장식하는 마지막 카스텔라는 이거다아아아아!!"

@ 스트제로! 스트제로! 스트제로! 스트제로오오오오오오와아아아아아아아아아아아아아아아아아아아아아아아아앙!!

아아아아아아⋯⋯ 아아⋯⋯ 앗앗! 아아아아아아아!! 스트제로스트제로스트제로오오와아아아아!!

아아 쿵쿵쿵쿵! 쿵쿵! 쿵쿵! 스읍~하 스읍~하! 스읍~ 하 스

#6 키에에에에에아아아아아아아말했다아아아아아아아!! 모 햄버거 프랜차이즈에서 발매된, 노랗고 네모난 모 유명 캐릭터의 완구 세트를 소개한 CM에서 등장한 비명소리. 세 명의 아이들이 해당 완구에서 소리가 나올 때 보여줬던 리액션이 기괴하여 인기를 끌었다.

읍~ 하! 냄새가 좋다아. ……쿵쿵.

으하앙! 스트제로 땅의 은색 캔을 쿵쿵쿵하고 싶으오! 쿵쿵! 쿵쿵! 아아아!!

잘못 말했다! 부비부비하고 싶으오! 부비부비! 부비부비! 캔캔부비부비! 까작까작부비부비…… 큐이!!

첫 번째 스트제로 땅, 맛있었어어!! 아아아아아아…… 아아아…… 앗아아아아아아아아!! 후아아아아아아웅!!

두 번째도 맛있었지, 스트제로 땅! 아아아아아아! 귀여워! 스트제로! 귀여워! 앗아아아아아!

롱캔도 발매돼서 기뻐…… 이야아아아아아아아아!! 니야아아아아아앙!! 키야아아아아아아아!!

크아아아아아아아아아아!! 롱캔을 다 마실 수가 없다고?! 아…… 첫 번째랑 두 번째를 잘 생각해 보니까…….

스 트 제 로 쨩 을 다 마 실 수 없 어? 니야아아아아아아아아아아아앙!! 우아아아아아아아아아아아아아아아아!!

그럴 수가아아아아아!! 싫어어어어어어어어어어!! 하아아아아아아아웅!! 일보오오오오온!!

이런! 젠장! 때려 치겠어!! 현실 따위 때려…… 치……어?! 보고…… 있어? 냉장고 안의 스트제로가 나를 보고 있어?

냉장고 안의 스트제로가 나를 보고 있어! 스트제로가 나를 보고 있어! 냉장고 안의 스트제로가 나를 보고 있어!!

두 번째 스트제로가 나한테 말을 걸었어!! 다행이다…… 세상은 아직 살만한 거구나앗!

이얏호오오오오오오오!! 나한테는 스트제로가 있어!! 해냈다, 슈퍼○라이!! 혼자서도 잘해요!!

아, 롱캔의 스트제로오오오오오오오오오오오오!! 야아아아아아아아아아아아아아아아아!!!!

앗앙아아앗아앙아 그린○베에에에엘!! 프, 프리미엄 ○츠!! 노도○시 나마아아아아아아아!! 클리어○사히이이이이!!

우우욱으으으!! 내 마음이여 스트제로에 닿아라!! 일본의 스트제로에 닿아라![#7] @

마지막의 마지막으로 채팅창에 최대의 폭소가 소용돌이친 참에, 방송을 끝내게 되었다.

아~ 즐거웠다아! 다음 방송은 술 안 마시고 해야 되지? 뭐, 나라면 그 정도야 여유지~!

"아, 슈와 쨩. 통화 끊기 전에 보여주고 싶은 거 있는데, 괜찮을까?"

"응? 뭔데?"

방송을 마친 다음, 마시롱이 이미지 데이터 한 장을 보냈다.

#7 스트제로! 스트제로! ~ 상기 문구는 「루이즈 코피페(카피 앤 페이스트)」로 알려진 정형문이다. 라이트노벨 「제로의 사역마」에 등장하는 캐릭터에 대한 과도한 애정을 장대하게 작성한 문구로, 다방면에서 애정의 대상을 변경하여 활용된다.

슈와 짱 신규 스탠딩CG 러프.png
인쇄(P) 메일 송신(M) 편집(U)▼ 열기(O)▼
슈와 짱 스탠딩
레몬
청초 ZERO!
청초제로

"이, 이건――?!"

평소 아와유키의 아바타는 고귀함 만점인 드레스를 입고 있다. 그런데 이번엔 청초 제로의 문자가 힘차게 존재를 주장하고 있는, 어째서인지 스트제로가 떠오르는 디자인의 펑퍼짐한 T셔츠 한 장에 숏팬츠 하나만 입고서, 얼굴은 취기로 빨갛게 물들어 있는 아와유키의 모습을 그린 그림이었다.

"그 방송 사고 다음에 서둘러서 그렸어! 얼마 안 있으면 사용할 수 있게 될 거야."

"괴, 굉장해!"

무시무시한 완성도다. 틀림없이 지금의 나에게 딱 맞는다.

그리고 무엇보다도…….

"에로~! 완전 에로해 이거! 숏팬츠! 허벅지! 다리 선이 매끈매끄으으은!!"

"그렇지그렇지?! 역시 평소에 가드가 단단한 사람의 흐트러진 모습은 최고로 선정적이야! 그리고 싶은 욕망이 꿈틀거려서 어쩔 수가 없다니까!"

""우웨헤헤헤헤헤헤!!""

역시 마시롱도 라이브온이라고 생각했습니다!

막간 방송 사고 때의 채팅창

"여러분, 오늘도 시청해주셔서 감사합니다. 다음에도 담설이 내릴 때 만나요."

: 수고

: 오늘도 즐거웠어!

: 담설이 내릴 때라고는 하는데, 요즘 매일 방송이란 말이지. 빈도 갱장해…….

: 매일 눈이 내린다잖아. 눈치 챙겨.

: 담설이 매일 내리는 건 상냥한 이상기후.

: 정말 열심히 하네.

: 하다못해 이 노력의 보답으로 수익화가 됐으면 좋겠다.

: 진짜로, 내 말이.

: 재미있는 전개가 될 것 같은 장면에서 멈춰버리는 인상이 있으니까, 부끄럼쟁이라서 그런 걸지도 모르겠다.

: 그래도 나는 아와 쨩 최애를 계속 민다!

: 나도다!

: 나도!

: 나초!

: 나초라고 쓴 사람ㅋㅋㅋ 오타ㅋㅋㅋ

: 응? 방송 꺼지는 거 늦지 않아?

“응? 아이참…….”

: 아와 쨩~?

: 완전히 방송 모드 꺼진 목소리네.

: 아아, 이 자연스런 목소리도 좋구만.

: 근데 이거 방송 사고 아닌가……?

: 야 이거 위험한데…….

“하아.”

: 한숨…….

: 소리가 멀어졌는데.

: 생활음 감사요 라고 말하려는데 비통한 한숨이 들려서 울었다.

: 역시 본인도 좀처럼 시청자가 안 늘어나는 게 신경 쓰이나 보네.

: 방송 중에는 그런 낌새가 전혀 없으니까 정말 기특해. 부양하고 싶다.

: 엉? 아와아와를 부양하는 건 나다.

: 허?

: 이제 그만 다른 V한테 연락해서 방송 안 꺼진 거 말해주는 게 좋겠는데?

: 일단 보내는 보겠는데 벌써 심야잖아? 지금 안 자는 라이버 있나……?

: 히카리는 깨있지 않을까?

: 히카링은 그저께 우승이뜳 3회 연속으로 딸 때까지 끝나지 않는 28시간 내구 방송을 했으니까, 아까 방송 마지막에 오늘은 곧장 잘 거라고 했었음.

: 오히려 그런 상태에서 아까까지 방송을 했던 거냐(당황)

: 히카리는 상당히 내구 정키니까.

: 그러면 마시롱은…… 자고 있거나 스마트폰 안 보고 일러스트 그리고 있을 것 같네.

: 요전에 그림 방송이 상당히 신사적이었지요오.

: 챠미 쨩의 가슴을 그리는 걸로만 방송 시간 다 잡아먹은 거ㅋㅋㅋ

: 걔도 멀쩡해 보이지만 확실히 라이브온이라니까.

: 그러면 그 챠미 쨩은 뭐하냐?

: 챠미는 의외로 빨리 자니까 희망은 버리는 게…….

: 그리고 만에 하나 깨어있어도 아와 쨩한테 연락을 할 수 있을까……?

: 터무니없이 낯을 가리니까…….

: 그렇게나 축복 받은 용모인데도 콜라보 방송만 하면 허당이 되는 게 진짜 웃겨ㅋㅋ

: 그래도 동료의 위기에는 달려와주겠지만, 엄청 떠듬거리겠지.

: 오, 아와 쨩 돌아온 거 아냐?

"이제 이게 없으면 살아갈 수 없는 몸이 돼버렸어……."

: 어?

: 엥?

: 뭔가 들어선 안 되는 발언을 들어버린 것 같은데…….

: 거기다 방금 그 소리는 술 아냐?ㅋㅋㅋ

: 앗(눈치챔)

: 맥주인가?

: 아니, 지금 그 소리는 스트제로다.

: 소리 소믈리에 감사요.

: 아니, 소믈리에가 아니라 그냥 주정뱅이잖아…….

: 스트제로는 위험하다고요!

: 맥주보다도 위험한 걸 따고 있는 거 실화냐ㅋㅋ

: 우오오오오오아와쨩멈춰어어어!!

"꿀꺽, 꿀꺽, 푸하아~!!"

: 엄청 맛있게 마시네ㅋㅋㅋ

: 캐릭터 이미지가 망가진다!

: 아, 아직은 세이프! 술 마시는 거야 어른이면 보통이잖아!

"진짜 못 참지. 이 한 캔을 위해서라면 지하제국 건설을 위해 위법적인 저임금으로 노동을 해도 좋아. 카ㅇ지 군은 맥주를 마셨는데, 스트제로는 없나?"

: 네~ 아웃입니다!

: 진짜로 스트제로 마신 거냐ㅋㅋㅋ

: 그 발상이 있었군!(반장)

: ㄹㅇㅋㅋ

: 왜 그녀를 라이브온이 채용했는지 알 것 같음.

: (ﾟДﾟ)(쿠―웅)

푸슉!

"우햐~! 역시 롱캔 따는 소리는 최고야!!"

: ㅋㅋㅋㅋㅋ

: ㅋㅋㅋㅋㅋ

: 이건 ㅋㅋㅋ

: 완전 개꿀잼 ㅋㅋㅋㅋㅋ

: 라이브온 제일의 청초가 라이브온 제일의 개그맨이 됐다…….

: 갭이 너무나도 엄청나서 천지가 뒤집어졌습니다.

: 욕망을 해방하는 방법이 너무 능숙해서 반장도 당황하겠는걸.

: 야 위험해! 이 여자 안 멈춘다!

: 어쩐지 액ㅇ즈[#8]가 떨어지는 것 같아서 겁나 웃김ㅋㅋ

"읏쨔! 동기의 방송 봐야지~!"

: 들어본 적 없을 정도로 기분 업된 거 완전 웃겨

: 청초?

: 그날, 인류는 떠올렸다. 청초 VTuber의 계보를…….

#8 액ㅇ즈 애니메이션 「기동전사 건담」 시리즈에 등장하는 소행성의 이름이다. 동명의 조직이 요새로 사용한 곳이기도 한데, 작중에선 지구나 다른 물체에 들이받는 묘사가 자주 그려진다.

: 소리 새는데. 이거…… 히카리 쨩이 아까 했던 방송인가?

: 아, 분명히 그 방송에서 했던 게임이…….

: 너처럼 눈치 빠른 어린애는 정말 싫어.

: 그 방송은 보면 안대애!

"내가 마마가 될 거야!"

: 왓?!

: 동기의 마마가 되려는 V가 있다는 거 실화?

: 가족이 늘겠네! 잘 됐구나, 히카리 쨩!

: 야 하지마.

: 야 하지마.

: 야 하지마.

"꺄하하하하하하하하하!! 바지락조개는 빵 터지네ㅋㅋㅋㅋㅋㅋㅋ 이건 뭐 비엔나랑 상관도 없잖아 ㅋㅋㅋㅋㅋㅋㅋ."

: 풉?!

: 삼진 아웃으로 넘어갈 수준이 아니라고!

: 배트를 휘두를 때마다 아웃되는 여자.

: 밖에서 소리내며 외치고 싶은 단어.

: 라이브온의 눈은 틀리지 않았군!

"허어? 완전 꼴리거든? 마마가 히카리 쨩의 방송 보니까 꼴리거든?"

: ㅋㅋㅋㅋ

: ㅋㅋㅋ만 치다가 키보드 고장 날 듯.

: 동기의 방송을 보고 한 발 뽑은 여자.

: 마마가 한 발 뽑는다는 파워 워드.

: 전설이 태어나는 순간을 목격하는 기분이다.

: 이건 틀림없이 전설, V의 역사에 남을 것이야.

: 지금까지 방송 중에서 본 적 없는 시청자 수 ㅋㅋㅋ

"……시간도 늦었으니까 샤미 쨩의 방송이라도 보고 자야지."

: 어, 왜 갑자기 식었지?(당황)

: 현자 타임인가 보지.

: 꼴린다는 발언 뒤에 그건 위험합니다!

: V의 방송 보고 꼴린 뒤 현자 타임이 찾아와 잠들다니, 완전히 나잖아?

: 하지만 이게 본모습이라면 동기를 정말로 좋아하는구나.

: 애껴주고시퍼!

"아아…… 위험해. 이 방송의 중독성은 스트제로랑 맞먹는다니까."

: 이건 칭찬인가?

: 엄청 맛있게 마셨으니까 칭찬이겠지.

: 아, 잔다.

: 명언밖에 말하지 않는 여자.

: 좋아, 깼을 때 반응이 기대되니까 내구해야지.

그리고 전설로…….

제2장

청초 방송

"우오오(생략"

마시롱과 콜라보 방송을 한 다음 날, 나는 이번에도 침대에서 몸부림치고 있었다.

방송 중에 맨정신으로 방송하겠다고 약속해 버리다니, 설마설마했던 일이 일어난 것이다.

마시롱, 분명히 내심 즐기고 있었음에 틀림없어! 주정뱅이를 유도하다니 비겁하다!

그래도 아마 몸을 걱정해준 건 사실이라고 생각한다. 오늘 아침에 스마트폰을 봤더니 「앞으로는 최소한 주에 두 번은 금주하는 날을 가질 것」이라고 채팅을 보냈다.

우으…… 하지만 어쩌지……. 이제 와서 무슨 낯짝으로 청초 방송을 하라는 건데…….

하지만 한다고 말한 이상은 안 할 수도 없고…….

잠시 고민한 다음, 이대로 머리를 꽁꽁 싸매고 있어봤자 혼자서는 답이 없다고 생각해 급히 스즈키 씨에게 조언을 받으러 갔다.

"네? 설마 이제부터 매일 스트제로 마시고 방송을 할 셈이었나요? 자기 간을 스트제로 맛의 푸아그라로 만들 셈이었나요?"

왜 기겁을 하는 건데요. 알 수가 없네.

"하다못해 뭔가 좋은 방송 플랜은 없을까요……?"

"음~. 그렇네요. ……게임 방송 같은 건 어때요?"

"아, 그거 좋네요! 적당히 어려운 거라면 열중해서 수치심을 잊을 수 있겠어요!"

"그렇네요! 그럼 방향은 그걸로 결정하고, 좋은 게임 있을까요?"

"아…… 저 가난해서 게임 살 돈이 없단 말이죠……."

풀썩 고개가 꺾였다.

불행 중 다행이라고 할지, 수익화로 생활이 안정될만한 정도의 인기가 생기고 있다. 다만 그 중요한 수익화가 아직이란 말이지.

지금처럼 방송에서 할 수 있는 일도 한정되니까, 얼른 어떻게든 안 되려나.

운영진! 부탁이니 날 봐줘요!

……아, 음주 방송은 안 봐도 됩니다. 부탁이니까 센시티브 인정은 하지 말아주세요.

"아, 제가 적당한 가격으로 살 수 있는 추천 게임 알고 있어요."

"어, 정말요?!"

“네! 『클리어하려고 하면 아주 열중할 수 있는』 딱 좋은 게임이요!”

“그러면 방송 시작하고서 카스텔라 답변을 조금 한 다음에 그 게임 해볼게요!”

“어, 카스텔라 답변 시간도 가지려고요? 거의 스트제로 관련된 것밖에 오지 않았어요? 맨정신으로 괜찮아요?”

“어떻게든 해볼게요! 기껏 시청자들이 생각해준 질문이니까요!”

“여전히 그런 부분은 성실하네요.”

좋았어! 스즈키 씨가 좋은 것도 가르쳐 줬으니까 오늘 밤은 열심히 하자!

오늘이야말로 청초 반환의 때! 두고 봐라, 리스너!

……아, 청초 만회였지………….

“—여러분 안녕하세요? 오늘 밤도 예쁜 담설이 내리고 있네요.”

사락사락 상냥하게 눈이 내리는 배경에, 코코로네 아와유키의 아바타를 표시했다.

어딘가 덧없는 아바타와 눈송이가 매칭되어 환상적인 분위기를 풍기고 있었다.

그렇지만…….

: 어, 누구지?

: 스트제로의 사역마가 하는 방송이라고 들었는데, 잘못 왔나?

: 앗! 제2인격인 스트제로에 몸의 주도권을 뺏긴 사람이다!

: 솔직히 그쪽이 본체 아냐?

: ㅋㅋㅋㅋ

: 이 시점에서 벌써 뿜음

: 청초(수치 플레이) 방송 떴다———(・∀・)———

: 이 순간만을 기다렸다~!!

: 자기소개만 해도 개그가 되는 여자

: 눈이 내리는데 땅바닥에 꿀잼이 쏟아져서 질척하구만.

—이 꼴이지만 말이야~!

이야. 예상대로긴 하지만 채팅이 죄다 이 모양이네.

내 방송은 꽁트 극장으로 바뀌어 버린 모양이다.

"어흠! 어쩐지 평소와 채팅창의 분위기가 다른 것 같군요. 저는 여러분이 즐거운 시간을 보내는 것을 제일로 생각하고 있으니, 그걸 위해서라면 어떤 변화도 대환영입니다. 『그렇지만!』 오늘 저는 청초하니까 그렇게 아세요."

: 개웃겨ㅋㅋㅋ

: 오버!

: 『그렇지만』의 박력에 대폭소.

: 화면 앞에서 얼굴이 새빨개져 있겠지.

: 『오늘』이라고 하는 시점에서 다 들통났음ㅋㅋㅋ

: 오랜만에 아와아와한테 반했어.

"그러면, 일단 이틀 동안 방송을 하지 못한 점, 참으로 죄송합니다. 담설이 내리지 않아 여러분 앞에 모습을 드러낼 수가 없었어요……."

: 엥?

: 엥?

: ???

: 개웃겨 ㅋㅋㅋ

: 그렇군. 그렇게 나왔나 ㅋㅋ

: 책략가네.

: 어라? 이상하네? 3개월 동안 팽팽하게 당긴 화살이 그야말로 쏘아져 나간 순간을 본 것 같은데.

: 나는 3개월 동안 남몰래 격렬히 흔든 스트제로가 해방된 순간을 본 기억이 있다!

: 이거 절대 무리잖아! 괜찮아? 스트제로 마실래?

: 담설이 안 내린 정도가 아니라 눈보라가 쳤다고~!

"하, 하하하. 어쩐지 채팅창이 달아오르고 있네요. 신기하답니다. 그러면 오늘은 먼저 카스텔라에 답변한 뒤, 게임 실황을 하겠습니다!"

: 오, 게임 방송! 좋네!

: 게임 타이틀은 뭐야?

: 이 상태에서 카스텔라 대답하는 거야? 너무 기대돼.

: 게임 궁금해!

"후훗. 뭘 플레이할 것인지는 기대하고 계세요. 일단 카스텔라부터 받아볼까요? 먼저 첫 카스텔라는 이것입니다."

@ — · · · · — · — — — · · ·

— · · — · — · — — · · · · —

— · — · · · · · — · — · — · ·

— · · — · — — · — · · — — ·

· — · · · · · — · — — · — ·

— — · — · — — · · · — · — @

: 엥?

: 이게 뭐야?

: 모르스 부호 실화??

: 과연, 이해했다

"아니. 이해했다, 가 아니죠. 일부러 암호화해서 메시지를 보낼 필요가 있나요? 해독하려고 해봤지만 잘 알 수가 없었으니 뛰어나신 분이 계신다면 가르쳐 주세요."

: 구시렁대면서도 해독 시도해 봤다는 게 상냥해서 조아.

: 츤데레 아와아와!

: 츤데레……? 뭐, 분명히 갭의 소유자긴 하지.

: 어째서 첫 타자로 이걸 골랐냐 ㅋㅋ

"아아, 그건 왜인지 이것 이후의 카스텔라에 모두 『스트제로』라는 단어가 포함되어 있었기 때문입니다. 신기하네요~."

: ㅋㅋㅋㅋㅋㅋ

: 여전한 거 완전 웃긴데ㅋㅋㅋ

: 신기하네요~(무감정)

: 왜인지가 아니야. 필연이다.

: 뻔뻔해서 겁나 웃김ㅋㅋㅋ

@「청초 방송이라니 무슨 말이야? 너는 내가 없으면 안 되잖아!」라고 냉장고 속에서 스트제로가 말하고 있는데, 어떻게 할 거야? @

@ 지금 냉장고에 스트제로 몇 개 있나요? @

"우후훗. 무슨 말씀들을 하시는 건가요? 그 스트제로? 라는 것이 뭔지는 모르겠습니다만, 제 냉장고 안에 들어있는 건 야채 주스와 자취용 식재료와 제가 좋아하는 아이스크림뿐이랍니다."

: ???

: 엥?

: 음?

: 뭐 스트제로도 레몬 같은 거 쓰니까, 1억 걸음 양보하면 야채 주스 아닐까?

: 아이스크림…… 스트제로를 얼린 건가?

: 힌트, −196℃

"후, 후후후. 다, 다음 카스텔라를 볼까요~!"

@ 스트제로 양의 방송을 본 뒤부터 스트제로를 마실까 고민하고 있어요. 스트제로 양이 보기엔, 다른 사람에게 추천할 수 있는 건가요? @

"스트제로가 뭘까요~? 신기하네요~. 참고로 저는 복숭아 같은 걸 좋아합니다."

: 대답하는 거냐고ㅎㅎ

: 화면 앞에서 쓴웃음 짓고 있겠지~ㅋㅋㅋ

: 복숭아맛 스트제로는 괜찮더라.

: 보, 복숭아맛 스트제로라고 말 안 했어! 그저 복숭아 좋아한다고 말한 것뿐이야.

: 아아, 뭐 그렇네.

"으윽, 으오오오오오! 다, 다음 카스텔라 갈까요!"

: 갑자기 왜 그래? ㅎㅎ

: 점점 수치심에 몸부림치는구나.

: 앗(눈치챔)

: 얼굴이 새빨개져서 쓴웃음 지으며 방송하고 있을 거라고 생각하니 재밌네.

@「아와유키 씨, 요즘 건강에 신경 써서 하는 게 있나요?」

「앗, 스트제로 빨고 있답니다.」

「스트제로! 이거 봐요!」

「에엑~!」

「자, 이거! 굉장하죠?! 빵빵해요, 빵빵!」

「이 롱캔은 대체 뭔가요! 완~전 다르네!」

「따보고 싶죠?」

「네! 보고 싶어요~!」

「갑니다~!」

\ 푸슉! /

「아아~! 스트제로의 소리이~」

「이거 한 캔으로 어느 정도 빨 수 있나요?」

「짜안~! 이 캔 하나로 무려 한나절!」

「그렇게나~?!」[#9] @

@ 몸은 스트제로로 되어 있다.

혈류는 알코올이며, 마음은 레몬.

수많은 만취를 넘어서 전패.

단 한 번도 승리도 없이,

단 한 번도 이해받지 못한다.

그 자는 언제나 홀로 PC 앞에서 스트제로에 취한다.

따라서, 스트제로에 의미는 없으며.

그 몸은, 분명히 스트제로로 되어 있다. @

"후, 후, ~~후후후후후~~! 세, 세상은 참 넓군요~! 대체 누구에게 보낸 카스텔라일까?"

: 너잖아!

#9 스트제로의 소리이~ 일본의 모 홈쇼핑 방송에서 유래된 일련의 대사. 물에 스틱을 넣으면 수소를 방출해 수소수로 만들어준다는 상품의 소개에서, 남자MC가 빵빵해진 페트병을 여는 순간 여성MC의 「아아~ 수소의 소리이~」라는 리액션이 선풍적인 인기를 끌었다.

: 너잖아!

: 거울을 봐라. 자.

: 기억력에 문제 생긴 거 아니야? 괜찮아? 스트제로 마실래?

"누우웅! 헷! 헷! 가아아아아아아!"

: ㅋㅋㅋㅋㅋ

: 박력 넘치는 소리 ㅋㅋㅋ

: 눈에 힘 엄청 들어갔을 것 같다.

: 적어도 청초 캐릭터가 내도 되는 소리는 아니야 ㅋㅋㅋ

: 이대로 계속하면 고막을 파괴하는 포효가 나올 듯.

: 스트제로 쨩 방송엔 귀마개 필수니깐~.

: 티가ㅇ스냐?

"그러면, 다음이 마지막 카스텔라입니다!"

@ 청초한 자신을 소중히 여기며 노력하는 아와유키 씨가 너무 좋아요.

스트제로 마시고 텐션 폭발한 아와유키 씨도 너무 좋아요.

부디 몸 건강히 지내시길 바라며, 방송도 계속해 주셨으면 좋겠어요. 힘내라. @

"저기…… 그게…… 고맙습니다."

: 진짜로 쑥스러워한다!

: 귀엽네 ㅋㅋ

: 이게 청초다.

: 머릿속에서 UC 흘렀어.

: 칭찬을 받는 거에 익숙하지 않은 거 졸귀.

: 스트제로 귀여워.

: 모르는 사람에게는 무지막지한 파워 워드ㅋㅋㅋ

“어흠! 그, 그러면 게임 실황을 시작하기로 할까요! 자, 여러분이 기다리고 기다리던 오늘 플레이할 게임은 이것! 『겟팅 노파 잇』입니다!”

겟팅 노파 잇이란— 스즈키 씨 말로는 노파, 즉 할머니 캐릭터를 조작해서 갖가지 장애물을 극복하며 록클라이밍을 하는 게임이라고 한다.

게임 내용은 정말로 그것뿐이고, 게임에서 어려운 룰 같은 걸 외울 필요가 없으니 나라도 금방 플레이할 수 있다고 했다. 게임 자체를 오랜만에 하는 나도 꽤 기대하고 있었다.

그런데…….

: 항아리 할멈 ㅋㅋㅋㅋㅋㅋㅋ

: 앗…….

: 왜 그 정신 붕괴 게임을 고르는 걸까.

: 트라우마가아아아!!

어라라~? 이상하네~? 어쩐지 채팅창이 술렁거리는데?

“저기~. ……이 게임에 뭔가 있는 건가요? 저는 이 게임을 매니저에게 추천 받은 거라 게임 내용을 파악하지 못하고 있는데요…….”

: 기다려. 그 앞은 지옥이다(체험담).

〈히루네 네코마〉: 냐냐~앙! 망겜의 냄새를 맡고 왔다~!

: 뭣?! 네코마 왔다?!

: 냄새 맡는 거 너무 빠른데ㅋㅋㅋ

: 과연 오물 정키의 이름은 멋이 아니다.

"허어어어어어어얼?!"

네, 네코마 선배?! 네코마 선배가 어째서?!

전에도 설명했지만, 네코마 선배는 라이브온 2기생이고 망겜과 망작 영화를 아낌없이 사랑하는 오물 정키인 동물 소녀다.

서, 설마 이런 수치스런 방송을 보고 있었다니…….

아니 잠깐, 그럼 이걸로 2기생 모두가 내 방송에 와준 거 아냐?

아아, 심장이 빨라진다…….

……어라? 혹시나 싶은데. 네코마 선배가 왔다면 설마 이 게임…… 위험한가?

등줄기에 흐르는 불길한 예감. 아무래도 그건 들어맞은 모양이라서—.

"어, 뭐야…… 어? 어째서 이 할머니, 항아리에…… 으으응?"

게임을 시작한 순간부터 위화감에 지배당했다.

분명히 사전정보대로 할머니 캐릭터가 있다. 다만, 정말로 어째서인지 알 수 없으나 그 메마른 몸의 아래쪽 70% 정도가 커다란 항아리에 쏙 들어가 수납되어 있고, 손에는 피켈 같은 것 하나를 들고 있었다.

: 진짜로 당황해서 개웃겨.

〈히루네 네코마〉: 냐냐~앙! 네코마가 해설해 버린다!

: 알고 있는 건가, 네코마?

〈히루네 네코마〉: 이 게임은 이 항아리에 든 할머니, 통칭 항아리 할멈이 자신의 완력으로 휘두르는 피켈만으로 하늘을 향해 올라가는 게임이다! 항아리에 들어 있으니까 당연히 다리는 쓸 수 없어! 게임 부분은 제대로 만들었으니까 망겜은 아닐지도 모르지만, 엄청나게 특색이 강한 게임이야!

"뭐?"

: 히익.

: 뭐? (위압)

: 내숭이 벗겨지기 시작하는 것 같은데요.

: 아, 아직 청초해!

나는 이미 이 시점에서 현기증을 느낄 법한 충격을 받았지만, 일단 게임을 진행하면서 이 게임에 더욱 깊은 심연이 펼쳐져 있다는 걸 깨달았다.

"이, 이거 뭔가요?! 엄청나게 움직이기 어려워!!"

이 게임은 유일한 조작 수단인 피켈을 휘두르는 동작이 마우스와 섬세하게 연동되어 있으며, 앞으로 나아가는 것만 해도 요령이 필요했다. 그래서 당연히 목적인 눈앞의 작은 벼랑조차 올라가려다 떨어지고, 올라간 다음에도 조작 미스로 낙하하는 꼴이었다.

"할멈, 버텨라! 떨어지지 마! 그리고 애당초 이 할멈 어째서 항아리에 들어가 있어?!"

: 이 게임을 정면으로 부정하는 태클은 그만둬 ㅋㅋㅋ

: 항아리 안은 알몸일지도 모르잖아. 센시티브 대책이야.

"아무리 여자를 좋아하는 나라도 진작에 환갑을 넘은 할머니 나체에는 성욕 안 느끼거든!"

: 물 흐르듯 커밍아웃에 예술점수 10점.

: 뭐? 먹기 적당한 때잖아?

〈히루네 네코마〉: 어…….

: 근데 아까부터 자칭 청초 캐릭터가 할멈이 어쩌고 하고 있지 않아?

: 머리에 스트제로가 주입되기 시작했군.

: 청ㅊ…… 청…….

: 귀축 게임에 악영향 받아서 점점 슈와 쨩 모드 되는 거 겁나 웃김

헉~ 헉~ 그렇군. 확실히 이건 스즈키 씨 말처럼『할머니 캐릭터를 조작해서, 갖가지 장애를 극복하며 록클라이밍을 하는 게임』이다.

다음에 만날 땐 각오해라! 그 귀축 매니저!

그리고 나는 쌓아올린 조작 미스의 산더미에 구시렁대면서도, 방대한 시간을 희생시켜서 착실하게 게임을 진행했다. 그러나 여기까지 와서 발이 묶여 버렸다.

눈앞을 막아선 것은 채팅창에서 통칭 『약속의 땅』이라고 불리는, 낭떠러지에 위치한 귤이 올라간 냄비.

이 냄비 위에서 피켈을 땅을 향해 내렸다가, 스프링처럼 공중을 날아 급경사의 언덕을 뛰어 올라야 한다. 이때, 그대로 머무른다면 미끄러져 떨어지기에 숨 쉴 틈 없이 언덕을 올라가야 한다.

여기가 채팅창에서 화제가 되는 이유는 뜀틀이 되는 냄비가 아까 말한 것처럼 낭떠러지에 존재하기 때문이다. 만약 뛰어서 옮겨간 다음에 언덕을 다 올라가지 못하면, 그대로 경사를 따라 미끄러져 떨어지는 곳은 그리운 태초마을. 다시 말해서 지금까지 한 노력이 모두 물거품이 되어 버리는 것이다.

벌써 시간도 심야에 접어들었다. 여기를 한 번에 돌파해서 오늘 방송을 기분 좋게 마무리 해야지.

괜찮아. 나는 할 수 있어. 네코마 선배나 리스너 여러분이 보고 있어.

완전히 승리 플래그가 섰다. 이겼다. 잘 준비할게요.

나, 이 싸움이 끝나면 꿈나라에서 모두의 방송을 볼 거야…….

"간다아아으랏차아아아아아아!!!!"

피융~! 탁! 휘이이잉………….

"쓰레기이이이이가아!!!! ㅇ어어어어어!!!!"

: 개꿀잼ㅋㅋㅋ

〈히루네 네코마〉: 완전 웃기네!

: 청초는 한 조각도 안 남음ㅋㅋㅋ

: 이제 이 녀석, 사실상 꿀잼 잔뜩 저장해둔 곰돌이 ㅇ 같은 거잖아 ㅎㅎ

: 명언 생산 공장.

: 모든 발언이 클립으로 남는 여자.

"……네. 이렇게 돼버렸네요. 오늘 방송은 여기까지 하려고 합니다. 다음에도 또 담설이 내릴 무렵에 만나요."

: 수고ㅋㅋㅋ

: 정말로 재밌는 여자라니깐.

: 정체를 드러냈군.

: 청초하지도 않고 슈와 쨩이 되기도 했지만, 마시롱 말을 지켜서 스트제로 안 마신 건 장해.

: 그러게.

: 투덜거려도 약속은 지키는 애구나.

다음에는 반드시 클리어한다아!

……나는 게임으로 이렇게 뜨거워지는 타입이었구나아…….

어려운 게임은 별로 안 해서 잘 몰랐어…….

2기생과 노래방 오프 콜라보

오늘 나는 도쿄 도내에 있는 라이브온 본사의 사무소에, 매니저인 스즈키 씨와 미팅을 하러 찾아왔다.

기본적으로 이동하기 귀찮기도 해서 평소의 미팅은 전화로 하는 경우가 많지만, 라이브온의 방침으로 너무 멀리 사는 게 아니면 한 달에 한 번 정도는 매니저와 직접 만나는 것이 권장된다.

분위기도 전혀 딱딱한 것이 아니고, 어디까지나 라이버와 매니저 사이에서 원활한 커뮤니케이션을 취할 수 있도록 한다는 취지로 준비된 자리다.

이동 따위에 여러모로 들어가는 돈은 모두 회사의 경비로 처리해주기 때문에, 가난뱅이인 나도 안심하고 올 수 있다.

오히려 나로서는 평소 도저히 갈 수 없는 가격의 식사를 스즈키 씨가 매번 사주기 때문에 올 때마다 신난다. 이건 너무나 가난뱅이 근성일까……?

"아와유키의 새로운 스탠딩 일러스트, 벌써 완성됐다고 해요."

"아, 그렇군요. 역시 마시롱…… 일처리가 빠르네……."

"어라? 기쁘지 않은가요?"

지금은 마시롱이 전부터 그려주고 있던 새로운 스탠딩에 대해서 이야기를 하고 있는데, 아무래도 새 스탠딩 일러에 대한 조금 미묘한 감정이 표정에 드러나고만 모양이다.

"아니, 스탠딩이 늘어나는 건 물론 기쁘긴 한데요……."

"하핫. 아직 완전히 내려놓질 못했어요? 완성된 모델 받았으니까 보여드릴게요."

"네……."

스즈키 씨가 노트북 PC를 열어 화면을 이쪽으로 돌렸다.

거기에 비친 것은 전에 마시롱이 보여준 러프 그림 그대로, 펑퍼짐한 T셔츠 한 장에 숏팬츠만 입고서 얼굴이 취기로 빨갛게 물든 아와유키의 모습.

게다가 미려한 완성품이 되니 옷에서 느껴지는 스트제로감이 눈에 확 띄네…….

"도저히 예전의 아와유키에서는 상상할 수 없는 모습이네요."

무심코 쓴웃음을 지어버렸다.

"괜찮아요. 아주 귀엽게 그렸다고 생각합니다."

"그야 분명히 귀엽기는 한데요. 아직도 약간 갈등이 있어서요……."

"더 자신을 가져도 됩니다! 지금 우리 회사 안에서 유키 씨는 3기생의 에이스로 불리고 있어요. 그건 수치로도 증

】 코코로네 아와유키, 슈와 쨩 신규 스탠딩 데이터.png
인쇄(P) 메일 송신(M) 편집(U)▼ 열기(O)▼
청초 제로
The 청초
새로 메시지
[라이브온] 코코로네 아와…
월간 스케줄

명하고 있어요."

"윽."

분명히 믿기 힘든 일이지만, 지금 내 채널의 구독자 수나 아카이브의 조회 수, 방송에 와주는 리스너의 수는 동기들 중에서도 선두를 달리고 있다.

처음에는 한순간의 붐이 온 것뿐이지 금방 진정되어 버리는 게 아닐까 생각했는데, 오히려 나날이 그 수가 방대하게 늘고 있다.

계기가 영 그렇긴 하지만, 리스너가 즐기고 있다면 이것도 괜찮지 않을까? 최근에 그렇게 생각하기 시작했지만, 에이스라고까지 불리면 엄청 부담스러운걸.

"음주 방송으로 아슬아슬한 선의 발언을 반복하는 라이버가 에이스인 건 위험한 게……?"

"그것이 리스너의 기분을 상하게 한다면 문제가 되겠지만, 리스너를 즐겁게 해준다면 오케이라는 것이 지금 라이브온의 방침입니다. 더욱이 그 선을 넘지 않도록 지원하는 역할로서 제가 있는 거고요."

"배짱이 두둑하시네요."

"라이브온이니까요."

자신만만하게 말하는 스즈키 씨.

정말로 신기한 기업이야.

어째서 그렇게까지 모두 빛나는 인재를 고를 수 있는 걸까?

그건 가끔씩은 농담이라도 하는 것 같은 자유로움을 보이는 기업이지만, 사실은 사원 모두가 진심으로 매달리고 있기 때문일지도 모른다.

응! 기껏 마시롱이 열심히 그려줬으니까, 이제부터 나도 자신을 가지고 방송을 하고 싶네!

"뭐, 그렇게 됐으니까 신규 스탠딩은 오늘 당장이라도 쓸 수 있어요."

"네! 고맙습니다!"

"인사는 마시로 씨에게 하세요. 그럼, 다음 이야기인데요. 사실 요즘 들어 라이버도 늘어났으니까, 많은 분들에게 더 많은 라이버를 알리기 위해서 현재 소속된 라이브온의 라이버와 다 같이 노래 영상을 하나 만들자는 계획이 있어요."

"네?! 모두 함께요?!"

"네. 1기생부터 3기생까지 모두 함께요."

이건 충격적이다. 틀림없이 지금까지의 라이브온에선 최대 규모의 콜라보 기획이다.

거기다 모두 함께라면 나도 참가하는 거지? 노래 영상 같은 건 아직 만든 적이 없고 노래 방송조차 해본 적이 없는데?!

"저, 저는 괜찮을까요?"

"지금은 총 8명의 라이버가 한 곡을 각자 파트로 나눠서 부르는 걸 계획하고 있으니까, 노래하는 부분은 많지 않아요. 그렇지만 잘 불러서 나쁠 건 없죠. 어때요? 노래는 잘 불러요?"

"고등학교 때는 노래방도 가끔 갔었으니까 평범하게 부를 수는 있을 거예요. 하지만 졸업한 뒤부터 너무 바빠서 한 번도 간 적이 없어요. 요즘은 존재도 잊고 있었어요……."

"얼마나 블랙 기업에서 일했던 건가요? 오락을 잊는다는 건 꽤 심각한데요. 음, 그러면 노래방 가서 연습하는 걸 추천할게요. 아니면……."

"아니면?"

"곡의 간주에서 스트제로 푸슉! 하고서 마신 다음에 푸하아~! 하면서 곡의 분위기를 띄우는 역할을 맡게 되시겠네요."

"죽을 각오로 노래 연습할게요!"

그렇게 되면 완전히 개그 요원이잖아! 이런 대규모 콜라보에서 추태를 드러낼 수는 없어!

"아, 그리고 말이죠. 평소에는 이 뒤에 같이 식사를 하러 갔었는데, 식비는 경비로 처리해도 되니까 오늘은 다른 분이랑 가주세요. 일단 대면도 했고 미팅도 이걸로 끝이니까요."

"네? 다른 분이요?"

이 전개는 처음 겪는 케이스라서, 무심코 의문스럽게 고개를 갸웃거렸다.

"사실은 오늘 라이버인 카미나리 시온 씨랑 우츠키 세이 씨가 사무소에 유키 씨랑 같은 용건으로 와 있어요. 그리고 유키 씨랑 이 두 사람은 콜라보하기로 했잖아요. 그래서 두 사람이 만약 괜찮다면 콜라보 내용을 의논할 겸 식사를 하면 어떨까 하더라고요."

"……네?"

그건 혹시…… 오프에서 경애하는 두 사람을 만날 수 있다는 거야……?

"안녕! 본명 『카부라키 세이라』, 세이 님이야. 오늘은 잘 부탁해!

"카미나리 시온, 본명 『이치노세 시오리』입니다! 정체가 들키면 안 되니까 사무소를 나가면 성으로 불러줘요!"

"어, 네! 코코로네 아와유키, 타나카 유키입니다! 오, 오늘은 잘 부탁드립니다!"

본명도 알아야 하니까 새삼 선배 두 사람과 라이브온 본사의 현관문에서 자기소개를 하고 있는데, 벌써 긴장해서 몸이 뻣뻣하다.

최근에 격동의 나날을 겪으며 조금은 멘탈이 강해진 거 아닐까~ 하고 혼자 생각했지만 아무래도 이 상황은 무리.

그리고 말이죠. 저, 오프에서 라이버랑 만나는 거 이게 처음인데요. 어째서 두 사람 다 이렇게 비주얼이 좋은 건가요?!

세이 님, 카부라키 선배는 완전 여고생의 왕자님 같은 느낌이다. 아무리 그래도 아바타만큼은 아니지만 키가 크고 쇼트커트에 늘씬하다.

생김새도 샤프하고 그저 서있는 것만으로도 존재감이 굉장하다.

더욱이 시온 선배— 시오리 선배는 뭐랄까…… 젊다.

굉장히 귀여운 얼굴인데, 온갖 곳에 앳된 요소가 섞여있는 것 같아.

"후훗, 시온 군을 앳되다고 생각했지?"

"저기…… 네, 죄송해요."

"흠흠! 그건 착각이에요! 바로 요전 달에 술을 마실 수 있게 됐어요! ……쓴 건 싫어하니까 사실 안 마시지만."

"네?! 그러면 저랑 같은 스무 살이신가요?!"

"아, 아와유키도 같은 나이였구나! 기뻐요!"

이럴 수가 있나. 라이브온의 마마라고까지 불리는 대응력의 천재는 나랑 거의 같은 세월밖에 살아오지 않은 모양이다.

그리고 나, 지금까지 또래의 방송에서 모성을 느끼고 있었구나…….

이건 위험해! 이제부터 시온 선배에게 지지 않도록 노력

해야지!

"후훗, 긴장돼요? 갑자기 말해서 미안해요."

"괜찮아? 스트제로 마실래?"

"어허, 세이 님! 놀리면 못써요! 자, 어깨의 힘은 풀어요. 아예 반말을 해도 OK니까요! 우리는 벌써 아와유키 쨩한테 프러포즈도 받았으니까요!"

"히익! 그, 그때는 정말로 죄송했습니다……."

"괜찮아요! 누가 뭐래도 재미있었으니까!"

내 양 어깨에 손을 올리고 힘을 뺄 수 있도록 가볍게 통통 두드려주는 시온 선배.

아아, 이건 완전히 마마잖아. 2컷만에 즉시 함락이구만. 시온 마마 졸귀여신찬양해.

그렇게 자기소개가 끝났으니, 식사를 하러 가게 됐는데…….

약 2시간 뒤—.

"옷스! 나 아와유키! 오늘은 세이 님이랑 시온 선배랑 노래방에 왔드아~!!"

"안녕, 제군! 모두의 세이 님, 등장이다!"

"콘미코~! 오늘은 밥 먹고서 콜라보 회의를 할 생각이었는데, 정신 차려보니 즉흥으로 콜라보가 시작돼서 당황하고 있는 시온이야~!"

: 후아?!

: 이거 혹시 오프 콜라보 아냐?

: 떴다────(・∀・)────

: 진 짜 냐.

: 시온 마마를 산 제물로 삼은 사바트(마녀집회)가 시작되나요?

: 슈와 쨩, 분명히 스트제로 마셨다!

: 푸슉!

: 콘미코~!

: 꺄아~ 세이 님~!!

: 마마를 난처하게 만드는 일만 골라 하는 악동 둘.

: 전설의 밤은 이렇게 시작됐다.

어째서 이렇게 됐지?

하고 싶은 말이 잔뜩 있는 이 상황은, 전부 가게의 메뉴에서 시작됐다—.

세이 님 왈, 「V의 식사에서 누가 사주는 거면 무조건 불고기잖아!」 그래서 세이 님이 추천하는 고깃집에 들어갔는데…….

· 생맥주

· 사워

· 코랄 하이볼

:

:

:

· 스트제로(강추!!)

…………………

"자아, 타나카 군! 드링크는 뭘 마실 거지!"

척 보기에도 신이 난 낌새를 감추지 못하는 기색으로 물어보는 세이 님.

이건…….

"……그럼 우롱차를."

"후후…… 서투르구나, 타나카 군. 너무나도 서툴러……! 욕망을 해방하는 게 서툴러……. 타나카 군이 정말로 바라는 건…… 이쪽."

"아니 저기—."

자신만만하게 스트제로를 손가락으로 가리키는 세이 님.

"고기를 석쇠 위에서…… 노릇노릇하게 익히고서…… 차가운 스트제로를 때려 붓고 싶다……! 그렇지……?"

"저기! 대체 이 메뉴는 뭔데요?! 명백하게 위화감만 드는데요?!"

메뉴표의 드링크 란 가장 아래에 명백하게 테이프에 문자를 적어서 붙여 놓은, 조작했다는 걸 숨길 생각도 없는 스트제로의 문자에 더 이상 버티지 못하고 한 마디 던지고 말았다.

"……메뉴판에 장난을 치면 안돼요."

"괜찮아, 금방 뗄 거니까. 가게의 허가도 받았어."

"허가를 해줬어요?"

"그래서, 마실래? 스트제로 정말로 있는데."

"어, 있어요?!"

"고깃집이니까."

"고, 고깃집 쩔어~!!"

내가 전혀 안 가는 사이에 고깃집은 스트제로를 팔도록 진화한 건가! 제법이네!

"아하하…… 이 가게 말이지. 사실 카부라키의 부모님이 경영하는 가게야."

"아, 그래서……."

대체 어떻게 된 건지 따라가질 못하는 나를 배려해준 건지, 이치노세 선배가 알려주었다.

"정말! 좀 봐주세요, 카부라키 선배!"

"아하하. 미안미안! 하지만…… 마시고 싶지?"

"——꿀꺽."

"나도 오랜만에 마시고 싶어졌으니까, 같이 스트제로…… 빨지 않겠는가?"

"나는 오렌지 주스야~!"

우홋! 멋진 여자! 쫄래쫄래 따라갔다.

그리고 그다음에는 맛있는 고기를 먹으면서…….

“사실은 노래 기획 때문에 곤란해요~.”

“오, 그러면 이 다음에 노래방에 연습하러 갈래?”

“오, 그거 좋다~! 나도 가고 싶어!”

“좋네요! 갑시다!”

이렇게 카부라키 선배의 말로 시작되어…….

“그렇지. 나 회의에 쓰려고 노트북 가져왔으니까, 방송도 해버릴까?”

“오?”

“좋네요! 해버려요!”

“오옹?”

“사실 이런 일도 예상해서 노래방 예약도 해놨지!”

“과연 카부라키 선배! 그런 점에 전율해! 동경하게 돼애!”

“오오옹? 어라? 회의는?”

……이런 흐름으로, 당황하는 이치노세 선배를 데리고 주정뱅이 두 사람의 기세로 즉흥 노래방 콜라보가 결정된 것이었다.

“그러니까, 어떤 상황에서도 열심히 진행을 담당하는 시온입니다! 전반은 카스텔라 답변이고, 후반부터 노래를 할 거니까 잘 부탁해요~! 자, 일단 첫 번째 갑니다~!”

@ 섹세이 님께. 어떤 타입의 여자애가 취향인가요? @

“그렇네에. 내 스트라이크 존은 꽤 넓은 편이지만, 굳이 말하자면 노력가에다 정말로 난처할 때 의지할 수 있을 법한 여자야."

"어머나 의외야! 세이 님, 뜻밖에 성벽이 뒤틀리지 않았네!"

"여전히 시온은 나한테 가끔 독설이네. 흥분해 버리잖아?"

"그런 점 때문이라고~."

: 의외다.

: 겉모습이 아니라 내면의 이야기를 한 것도 의외.

: 섹세이 님에 대한 편견이 멈추질 않아.

: 응? 하지만 어디서 들어본 것 같은데?

어라? 분명히 내가 보기에도 조금 뜻밖인 대답에 깜짝 놀란 시온 선배지만, 혹시 이거…….

"저기~. 혹시 그거 시온 선배 아닌가요?"

"네~?"

"훗. 들켜 버렸군. 과연 스트제로 코○로, 명탐정이군."

"누가 코○로인가요!"

"어? 네?! 어?! 정말인가요? 세이 님?!"

잠시 시간을 들여서, 드디어 말의 의미를 이해한 시온 선배가 얼굴을 빨갛게 물들이고 당황하기 시작했다.

"오호―― (´ ω `)."

정말이지, 백합은 최고다!

: 목소리가…… 그게 뭐냐!

: 오호―는 아니지 ㄹㅇㅋㅋ

: 백합에 끼인 스트제로는 길티.

: 키마시타와[#10]~ 보다도 훨씬 지독한 리액션이었다ㅋㅋ

"시, 실례했습니다. 무심코 목소리가 나와 버렸어요. 앞으로는 신성한 백합 공간을 방해하지 않도록 최선을 다할게요!"

"어, 왜 그렇게 진지한 사과를 하는 거야?!"

"시온 선배, 백합이라는 건 누구에게도 방해받지 않으며 자유롭고, 뭔가 이렇게 구원을 받아야 하는 겁니다."

"뭘 아는구나, 아와유키 군! 역시 너하고는 마음이 맞아! 방금 전에는 시온 군을 좋아한다고 했지만, 아와유키 군도 알맹이랑 겉모습 다 내 취향이니까 있는 힘껏 성적인 시선으로 보고 있어!"

"그렇다고 해요. 시온 선배? 3P 갈까요?"

"『2차 갈까요?』 같은 식으로 말해도 안 가요! 정말! 창피하니까 다음으로 갑니다!"

: 최강의 두 사람이 아니라 최악인 두 사람.

: 첫 번째부터 이거라니. 시온 마마 과로사 각ㅋㅋ

: 과연 찐 백합에 끼인 시온 마마는 정조를 지킬 수 있을 것인가!

: 쑥스러워하는 시온 마마 귀요미

: 슈와 쨩, 오늘은 평소 이상으로 슈와슈와 하구만~ㅋㅋ

#10 키마시타와 애니메이션 「스트로베리 패닉!」에서 등장하는 대사. 해당 작품은 남자가 한 명도 등장하지 않는 백합 작품이라, 백합 전개에 대한 감탄사를 나타낼 때 쓰는 밈이 되었다.

: 섹세이 님도 동료를 발견해서 만족스런 기색.

@ 세이 님에게 질문입니다. 백합 AV의 상대가 「스트제로 후부키」와 「청초 아와유키」라면 어느 쪽이 좋은가요? @

"흐~음, 이건 아무리 나라도 난처하네."

"……역시 겉과 속이 다른 여자는 싫어하세요?"

"아니. 한 입에 두 가지 맛이라니, 좋잖아!"

"아싸! 작성자 스트제로 설녀. 어제 8월 15일, 평소처럼 청초 마마와 여색 훈녀, 나 셋이서 교외 강둑 아래 있는 노래방에서 신나게 즐겼다네.[#11]"

"어제는 8월 15일도 아니고 여기는 강둑 아래도 아니야! 의미를 모르겠어!"

: 핵꿀잼ㅋㅋㅋ

: 청초가 절대 읽어선 안 되는 템플릿 붙여넣기ㅋㅋㅋ

: 여전히 머리의 브레이크가 고장났구만ㅋㅋㅋ

: 노래방 위치 최악인데, 실화냐ㅋㅋㅋㅋ

: 안타 양산기가 아닌 아웃 양산기.

: 다들…… 「사음(邪飮)」이라는 거 알고 있냐? 「사음」이라는 건 말이지. 예를 들어 스트제로를 마시고 방송 종료 실수를 하는 걸 「사음」이라고 한다.

@ 시온 마마를 (성적인 눈으로)보고 한마디 부탁합니다. @

#11 작성자~ 모 영상 SNS에서 유행하는 정형문. 주로 「구해주세요. 작성자 : XXXXX(n월 n일 (n요일) X시 X분 X초)」로 시작하는 문구로, 원래 작성자로 쓰였던 닉네임과 그 유저의 주 영상 활동 내용이 특정 팬층의 인기를 끌었다.

"연하 마마는 최애지."

"유아 플레이도 좋을 것 같아요."

"　　"

: 시온 마마 돌아와~!

: 심플하게 기분 나쁨ㅋㅋㅋ

: 무한의 성벽.

: 이 녀석들 안 되겠어. 얼른 어떻게든 하지 않으면.

@ 시온 마마 귀여워!! @

@ 내 마마가 되어줘!! @

"네~에! 시온 마마는 모두의 마마랍니다~!"

"시온 군은 내 어머니가 되어줄지도 모르는 여성이다!"

"어머니? 시온 선배가? 우왓!"

"네~에. 꽁트를 하는 두 사람은 내버려두고 다음 갑니다~."

@ 시온 마마에게.

언제나 사고뭉치인 사람들을 인솔하시느라 수고하십니다. 여러모로 고생이 많을 거라고 생각하지만, 그런 마마가 가장 지쳤다고 생각하는 콜라보는 무엇인가요? 괜찮다면 당시의 에피소드와 함께 들려주세요.

그리고 위장약 두고 갈게요. 【스트제로】 @

"3기생이 들어오기 전에 있었던 1기생 2기생 합동 콜라보 방송은 엄청 지쳤어……."

"아아, 그 네코마 군이 시작한 망작 영화 소개에 어째선지 공통되는 지식이 있었던 1기생 하레루 선배가 난입했을 때 말이지."

"아, 그거 저도 봤어요!"

: 레전드 에피잖아!

: 지금도 전설로 전해지는 방송이군.

: 영화 내용에 태클 걸 곳밖에 없으니까 시온 선배가 숨이 끊어질 듯이 진행했었지.

: 그립군.

: 하레룽의 기인 기질이 특히 드러났을 때구나 ㅎㅎ.

"그리고 스트제로는 위장약이 아닙니다!"

"어, 레몬이라서 의외로 속이 시원해진다구요?"

"슈와 쨩만 그런 거라구요! 자, 다음! 마지막 갑니다!"

"2기생한테도 슈와 쨩이 정착하고 있네요……."

@ 라이브온의 V 여러분에게 질문입니다!

현재의 아와 쨩과 슈와 쨩, 각자가 해줬으면 하는 일은 있나요? @

"아~, 세이 님은 어떻게 생각해? 나는 슈와 쨩일 때 술 마시면서 뭔가 맛있는 거 먹는 게 보고 싶은데~."

"그거 좋네. 나는 아와 쨩한테 본인의 초기 방송 다시 보기를 시키고 싶어."

"뭐~야! 좀 긴장했는데 그 정도라면 여유롭죠~!"

"호오! 그러면 언젠가 한다고 세이 님이랑 약속할 수 있어?"

"네!"

: 어라? 이 흐름, 전에도 본 것 같은데?

: 쉬운 여자냐고ㅋㅋ

: 레전드편 확정.

: 세이 님 굿잡!

: 이건 전라 대기 예약이구만ㅋㅋ

"♪———♪"

카스텔라 대답이 끝나고, 드디어 노래방 기획이 시작됐다.

: 잘 부른다아!

: 귀가 임신해버렷.

: 목소리 너무 좋단 말이지.

: 평소에 좋은 목소리를 너무 낭비하고 있다고ㅋㅋㅋ

: 세이 님은 가창 모드의 멋짐을 평소의 유감스러움으로 제로섬을 만드니까.

: 왜 제로로 만들어야 하는 걸까.

: 스트제로가 가까이 있으니까 제로에 이끌리는 거겠지.

: 역시, 영원한 0

맨 먼저 부른 세이 님의 심지가 있는 쿨한 노래 소리가,

한순간에 노래방 룸과 채팅창을 매료했다.

으음……. 역시나 노래에도 정평이 난 세이 님이다. 평소에는 상당히 막나가니까, 그 갭을 느낀 채팅창도 우리도 아주 신났다.

위험하네. 이건 기준이 올라갔어…….

애당초 나는 뭘 노래하면 되지? V계의 노래 사정을 생각하면…… 유행하는 jpop이나 보컬로이드라던가, 조금 그리운 애니송이 많다는 이미지가 있는데.

"슈와 쨩, 어쩔래? 이어서 노래할래?"

"아, 선곡 고민하고 있어서……. 시온 선배부터 해주세요."

"그래? ……혹시 노래 서툴러서 부르는 게 싫은 건 아냐?"

"으~음. 글쎄요? 사실 노래하는 것 자체가 오랜만이라서요……."

"그렇구나. 하지만 괜찮아! 만약 노래를 못해도 내가 같이 불러줄 테니까!"

오호―― (´ ω`) 모성에 응애가 되어버려~!

그런 대화를 하는 사이에 세이 님의 노래가 끝나고, 시온 선배에게 배턴 터치를 했다.

"♪――――♪"

: 어라? 천사의 목소리가 들려. 나 죽었나?

: 이것이 힐링.

: 사실상 아베 마리아.

: 엄청 잘 부르는 건 아니지만, 계속 듣고 싶다.

: 노래하는 눈나 목소리.

: 눈←나→라니! 마마잖아앙?!

위, 위험해! 시온 선배의 노래에 열중하다 보니 곧 내 차례가 와 버린다!

이제 망설일 시간이 없다! 이렇게 되면 들어본 적이 있는 곡 중에서 생각나는 거 고르자!

좋아. 곡은 이『레몬』으로 하자! 갑니다!

"♪————♪"

: 오? 뜻밖에 평범한 선곡.

:「오리온 자○ 아래서」같은 거 부를 줄 알았는데.

: ㅋㅋㅋㅋㅋ

:「찌찌를 ○물러」같은 건 어떤가요?

: 선곡이 너무 지옥이라 터짐ㅋㅋ

: 근데 평범하게 잘 부르는데?

: 어어, 잘 부르잖아!

: 이거 트루?

: 후렴 기대된다.

"♪————♪"

: 헉?!

: 호흡 엄청 긴데?ㅋㅋ

: 테크닉 같은 건 안 느껴지지만 엄청 파워풀하다.

: 도저히 스트제로의 통학로가 되어 있는 목에서 나온다고 생각하기 어려워.

: 어쩐지 하레루 쨩이랑 비슷하게 노래하는 것 같아.

채팅창이 놀라움으로 술렁거리고, 선배들도 눈을 크게 뜨고 입을 벌리고 있지만, 나 자신도 놀라고 있었다.

뭘까? 지금까지 기억에 없을 정도로 기분 좋게 노래하는 것 같아.

……혹시 술 마셔서 그런가?

예전에 노래 잘 못하는 사람의 원인 중 하나가, 남들 앞이라 부끄러워서 목소리가 잘 안 나오는 사람이 많다고 들은 적이 있는 것 같다.

술을 마신 덕에 그런 수치심이 적당히 완화되어 발성이 제대로 되고 있는 걸지도 모른다.

그리고 한 번 노래하는 즐거움과 기쁨을 알게 되자 그것이 자신감으로 이어져서, 그다음에도 기분 좋게 노래할 수 있었다.

"으으응기이분죽인다아아아!!"

: ㅋㅋㅋㅋ

: 노래로 절정하는 여자.

: ㅇ딸 노래방인가?

: 중간까지는 100점. 마지막에 스트제로가 나와버려 0점.

: 마무리까지 개그맨이라 개웃김.

"깜짝 놀랐어! 슈와 쨩 노래 잘하네!"

"이건 함께 부르지 않을 수가 없겠군."

"후후훗! 이것이 스트제로 가창법입니다!"

""뭐?""

: 뭐?

: 뭐?

: 뭐?

: 절대영도는 그만둬!

: −196℃는 멋이 아니다!

한순간 당혹감에 분위기가 얼어붙기도 했지만, 그 뒤로도 선배들과 함께 노래를 하거나 추임새를 넣는 등 아주 신나는 시간이 흘렀다. 이렇게 누군가랑 즐겁게 소란을 피운 게 대체 얼마만일까?

이것도 모두 스트제로 덕분, 그러니까 다들——

스트제로를 빨자!

"아, 이 밴드의 제로란 곡 좋아해요~."

"헤~! 시온 마마 들어보고 싶어~!"

"네!"

"아, 이 Butteㅇfly Strong Version 같이 부르지 않으실래요?"

"좋아~! 하지만, 왜 원곡이 아니라 Strong Version이야?"
"음~. 어쩐지 이쪽이 더 좋을까 싶어서요."

"아, 이 Stronger라는 해외 팝송, 요즘 자주 들어요!"
"……혹시 아와유키 군. 스트제로 관련 곡만 머리에 떠오르는 거 아냐?"
"…………네?"

: ㅋㅋㅋ

: ㅋㅋㅋ

: 머릿속이 스트제로 저장고구만!

: 첫 곡도 레몬맛 때문이었네ㅎㅎ

: 예상을 완전히 벗어나는 선곡 경향ㅋㅋㅋ

: 역시, 기대를 배신하지 않는다.

다들 너무 빠는 건 조심해!
……아, 벌써 시간이…….
드디어 예정하고 있던 방송 종료 시간까지 앞으로 조금 남은 걸 깨달아 버렸다. 정말이지, 즐거운 시간은 빨리 지나간다니까.
아쉬움을 죽이며 대성공으로 끝난 방송을 끄고, 선배들과 노래방을 떠났다.

밤의 차가운 공기로 취기에 달아오른 몸을 진정시키면서 역을 향해 걸어가는데, 세이 님이 문득 이런 말을 했다.

"아, 그러고 보니 사무소에서 하레루 군은 만났어? 우리가 도착했을 때 있었는데."

귓가에 작은 소리로 말하는 건 하레루 선배의 이름을 누가 듣고 정체가 들키는 걸 방지하기 위해서겠지. 나 역시 작은 소리로 대답했다.

"하레루 선배요? 아뇨. 못 봤어요."

어쩐지 조금 아쉽네. 스즈키 씨한테 부탁하면 만날 수 있을까?

"두 사람이 본 하레루 선배는 어떤 사람인가요?"

순수한 흥미로 물어봤더니, 시온 선배가 명백하게 쓴웃음을 짓기 시작했다.

"그 사람은 뭐라고 해야 할까…… 좋게도 나쁘게도 라이브온 그 자체라고 할까? 다들 가지고 있는 라이브온의 이미지의 집합체 같아……."

"후훗! 분명히 처음에는 압도될지도 모르겠어. 아와유키 군도 조심해야 된다?"

두 사람의 모습을 보니 평소에는 방송할 때랑 전혀 다른 사람— 같은 건 아닌 모양이다. 조금 안심이야.

"그러고 보니 오늘 하레루 군도 아와유키 군 이야기를 했었어. 이 정도로 충격을 받은 애는 처음일지도 모른다고 했지."

"저, 정말인가요?!"

무심코 목소리가 커졌다. 설마 내 이름이 하레루 선배 입에서 나오다니……. 뭐, 기뻐할 수 있는 건 그 충격이 좋은 의미일 경우지만.

하지만— 그렇구나. 가만 생각해 보니 지금의 나는 만나게 돼도 전혀 이상할 것 없는 입장이구나.

언젠가 차분하게 얘기를 해보고 싶다……. 선배들과 헤어진 다음에도 계속 그런 생각을 하면서, 집으로 돌아갔다.

챠미와 오프 콜라보

그건 어느 날 방송 중에 일어난 일이었다.

"그래서, 여체안주는 멋진 거라니까요…… 어라?"

: 안 들려.

: 슈와 쨩~?

: 노이즈가 엄청 심한데.

: 인터넷 문제인가?

: 마이크가 원인 같은데?

평소처럼 잡담 방송을 하고 있는데, 목소리가 시청자에게 제대로 전달되지 않는 것 같았다.

여러모로 마이크 설정을 건드려봐도 노이즈의 강도가 바

뀔 뿐이고, 시험 삼아 인터넷 회선을 확인해봤지만 문제없이 연결돼 있었다.

마지막으로 방송 사이트의 문제일 가능성도 생각하여 다른 라이버의 방송을 봤지만, 이쪽도 이상 없었다.

음. 아무래도 마이크가 망가진 모양이다.

첫 방송부터 매일 계속 쓰고 있었으니까. 이것도 어쩔 수 없는 걸지도 모른다. 오히려 여태까지 잘 버텼다고 할 수 있겠지.

그러나 이대로 방송을 계속할 수는 없으니까, 이 날은 이걸로 방송을 끝내고 말았다.

예비 마이크를 사둘 걸 그랬어……. 이건 리스너에게도 사과를 해야지.

@ 마이크가 고장 난 것 같아!
계속하고 싶지만 무리일 것 같으니까 오늘은 이만 끝낼게…….
정말로 미안해요! 마이크 얼른 다시 살게요! @

SNS로 사과글을 쓰고, 그 날은 얌전히 자기로 했다――.

"으응…… 후아아암…… 어라?"

이튿날 아침. 숙취도 거의 없으니 어떤 마이크를 살까 생각하면서 아침식사를 준비하고 있는데, 스마트폰을 보자 SNS에 챠미의 DM이 와 있었다.

〈야나가세 챠미〉: 혹시 말이야, 중고라도 괜찮으면 마이크 줄까?

〈코코로네 아와유키〉: 어, 정말?! 그래도 돼요?!

생각지 못한 구원의 손길이 다가왔다.

솔직히 수입이 안정되려는 지금도, 옛날 경험 탓에 가난뱅이 근성이 빠지지 않은 나로서는 엄청 고마운 일이다.

〈야나가세 챠미〉: 사실은 ASMR 방송을 하면서 마이크에 흥미가 생겼거든. 별로 안 쓴 게 꽤 남아있어. 받아주면 고마울 정도야!

그렇게 됐으니—.

"안녕~!"

"어서 와! 야나가세 챠미, 본명 『후지타 미치루』야."

—이렇게 챠미의 집에 와 버렸습니다~!

"코코로네 아와유키, 본명 『타나카 유키』입니다! 오늘은 신세 질게요!"

"후훗. 오늘은 우리들 말고 아무도 없으니까 라이버 이름으로 불러도 괜찮겠네."

"그렇네요!"

어째서 이렇게 됐냐 하면, 처음에는 저쪽에서 마이크를 택배로 보낼까 하는 이야기가 오고갔다. 그런데 들어보니 챠미 짱도 주변에 살고 있으니까 어떤 마이크가 좋은지 골라주면 되겠다며 혹시 괜찮으면 집에 올래? 라는 흐름이 되었다!

덧붙여서 마침 잘 됐으니 오프 콜라보 방송도 하기로 했지!

그건 그렇고, 예상대로긴 했지만 챠미 짱은 나보다 연상이네~. 뭔가 상냥한 언니란 느낌이다.

자기소개를 마치고 집에 들어갔다.

"그러면 적당히 앉아 있어. 나는 잠깐 화장실 다녀올게."

"아, 알았어요!"

조금 뜻밖인 것은 그녀의 대응이 굉장히 차분하다는 거다. 평소처럼 있는 힘껏 낯가림을 할 거라고 생각했는데.

하지만 말하는 방식이 평소 방송 때랑 전혀 변함이 없단 말이지……. 신기해라.

"그러면, 마이크 이만큼 있는데 어느 게 좋아?"

"어, 뭐가 이렇게?! 이 많은 것 중에서 골라도 돼요?!"

잠시 앉아서 기다리자, 화장실에서 돌아온 챠미가 상자에 한가득 마이크를 담아서 돌아왔다.

아무리 라이버라지만 별로 안 쓰는 마이크만 이만큼이라니, 어마어마한 수다.

게다가 상태가 상당히 좋아. 새것이라고 해도 믿을 정도였다.

정말로 이렇게 좋은 걸 받아도 되는 걸까…….

“그럼 물론이지. 필요하면 보통 마이크 말고 ASMR용도 줄까?”

“진짜로요?”

“수가 너무 늘어나서 다 쓰질 못하니까 컬렉션처럼 되어버렸어. 결국은 마이크니까 누군가 써주면 좋겠거든.”

“정말로 고마워요…….”

“여기서 마음대로 골라봐! 그러면 나는 화장실 다녀올게.”

“네? 방금 다녀왔잖아요?”

“나, 그게 쉬야가 완전자동 사격이 아니라 3점사형 같은 느낌이야!”

“네?! 그게 무슨 소린데요?!”

“그러니까 다녀올게!”

그러더니 허둥지둥 정말로 다시 화장실에 틀어박혀 버렸다.

……어쩐지 여러모로 예상이 되는데.

이후에 고맙게도 ASMR용까지 마이크를 두 개나 받아버렸다.

“좋아. 그러면 나는 또 화장실에…….”

“……뭐 하러 가는 건지 물어봐도 돼요?”

“에이. 동성이라도 그런 걸 물어보는 건 좀 그렇다고 생각해, 아와유키 쨩!”

“빠————안.”

"그러니까 저기, 3점사."

"삐————————안!"

"……쿠, 쿨 타임을 가지려고."

"쿨 타임?"

"너무 긴장해서 심박수가 위험하니까 때때로 화장실에 가서 진정시키는 거야."

"아아, 역시 그런 느낌이었네요……."

아까는 차분하다고 했었지만, 역시 챠미 쨩은 챠미 쨩이었다.

이 느낌을 봐서는, 말투도 일부러 이렇게 해서 조금이라도 말하려고 하는 걸로 보인다.

"아니, 정말로 심장이 쿵쾅거리거든? 내 심장 소리…… 들어볼래?"

"아니 말만 들어보면 요염한데요. 상황이 상황이라 전혀 가슴이 안 설레요."

"그치마안……."

"하지만 나중에 방송 중에도 화장실에 틀어박히면 안 좋잖아요? 배설물 제조 공장이란 별명이 붙을걸요?"

"……하지만 그런 별명 붙이는 건 분명히 아와유키의 리스너일걸?"

"정말 죄송함다."

이런 흐름으로 일단 같은 공간에 계속 있도록 열심히 설

득했다.

눈이 조금이라도 마주치면 창피함에 스윽 아래로 시선을 내려버리지만, 이건 이거대로 겉모습과 갭이 있어서 모에하군.

낯가리는 눈나는 역시 최고다.

그다음에는 밤부터 방송을 시작해야 하니까, 저녁을 만들어주게 되었다!

나도 요리는 그럭저럭 하는 편이라, 옆에서 도우면서 완성을 기대하고 있었는데…….

"자, 여기!"

"……."

어째서 당연한 것처럼 스트제로가 나오는 건가요?!

"아, 혹시 샤미 쨩도 스트제로 마시나요?"

"아니. 나는 평소에 마시지도 않고, 마셔도 와인이나 칵테일 쪽이려나."

"……그러면 어째서 이게 냉장고에서 나오는 거죠?"

"아까 매니저한테 아와유키 쨩이랑 집에서 오프 콜라보해도 되냐고 확인을 받았더니 『스트제로는 꼭 챙겨둬야 해!』라더라."

"라이브온 옥상으로 가자……. 오랜만에…… 완전 열 받았다."

"항아리 할멈 때는 안 그랬어?"

아니, 정말로 라이브온의 사원은 이해력이 너무 깊어서 이쪽이 난처하다고!

"저기…… 안 마셔?"

"마십니다."

"갑자기 즉답?!"

그렇게 슬픈 눈으로 바라보면 안 마실 수 없다. 그리고 사실은 마시고 싶었거든.

오늘 방송도 카오스해지겠군…….

"으랏차—! 방송 시작한드아—!"

"우후후, 안녕하세요? 오늘은 여러분을 힐링의 극치로 안내하는 것이 절대 무리인 야나가세 챠미 누나가 왔어요."

: 왔다아아————(・∀・)————

: 우왓?! 슈와 쨩 아냐?!

: 이물질이 섞여있음ㅋㅋㅋ

: 슈와 쨩이랑 오프 콜라보. 무슨 일이 없을 리 없지.

: 챠미쨔마의 정조가 위험해!

: 슈와 쨩을 완전히 위험물 취급하는 거 개웃김.

: 개막과 동시에 패배 선언하는 눈나, 좋다.

이번 콜라보는 사전에 고지도 한 덕분에 시작부터 시청자 수가 엄청나다.

좋은걸! 달아오르는데!

"봐라봐라, 이 녀석들아! 오프 콜라보다~! 난 아까부터 계속 챠미 쨩 등 뒤에 달라붙어 꼬옥 안고 있지롱~ 좋겠지~."

: 야, 나랑 바꿔.

: 재○맨인가?

: 챠미쨔마도 멘탈 야○치니까 딱이네 ㅎㅎ.

: 평소처럼 혼자 자폭해 주시길.

: 챠미 쨩, 내심 절망하고 있겠다.

"아니 그게 말이야. 처음에는 의식을 잃을 것 같았는데 지금은 생각보다 편안해. 사람의 온기를 느낀 게 오랜만이라서…… 사람이란 건 이렇게나 남을 진정시켜주는구나……."

: 울었다.

: 비극의 히로인 느낌 내기 대회 우승도 노릴 수 있는 대사.

: 그대로 평생 데워주렴.

"웨헤헤에~. 있지있지. S○X는 몸을 겹친다고 하잖아? 그러면 우리들 지금 실질적으로 S○X하고 있는 거지!"

"어라? 이상하네. 갑자기 또 낯가림이 재발했어. 몸이 떨려……."

: 챠미쨔마 그거 낯가림 아냐. 생물이 포식자에게 느끼는 공포야.

: 올려친 다음 떨구기의 천재, 슈와슈와.

: 지난번 방송은 주인의 추태를 감추려고 스스로 고장 난

마이크 군이 유능했는데, 이번에는 멈추지 않겠군.

: 지금 당장 우리들의 색시한테서 떨어져라. 얼른.

"그렇게 됐으니 일단은 카스텔라 답변, 간드아~!"

@ 스트제로를 아래로 마신 적 있나요? @

"다들 챠미짱의 ○○, 아래로 마실 수 있지? 그런 거야."

"뭐가아?!"

: 그렇군.

: 완벽하게 이해했다.

: 진정해! 무엇 하나 근거가 없다!

: 이 흐름도 정형화돼가네ㅋㅋ

: 챠미짜마의 ○○, 아래서 마실까? 옆에서 볼까? 영화화 결정.

"참고로 챠미 짱은 3점사형이라고 해."

"그, 그건 잊어줘!"

@ I am the bone of my strong zero

Aluminium is my body and alcohol is my blood

I have drunk over a thousand strong zeros

Unknown to Death,

Nor known to Life

Have withstood drunkenness to drink more strong zeros

Yet, those hands will never hold anything other than strong zero

So as I pray, Unlimited Strong Zeros @

“으~음. 무한의 주조(酒造)를 영어로 쓰기만 한 건데도 멋있어지니까 신기하네! 이건 그저 스트제로 중독의 패배자라고 말하는 것뿐인데.”

“왜 이렇게 영어 잘 하는 리스너가 있는 거야? 아와유키의 리스너 층은 수수께끼야.”

@ hey guys we have a gift for you 이 문장을 번역하시오. @

“어, 음. 『안녕! 너에게 선물이 있어.』 인가?”

: 역시 챠미 쨩, 이 정도는 여유롭구나.

: 앗……(눈치챔)

“아, 이거 야○에서 본 거다!”

“에엑?!”

: 한편 이쪽은…….

: 기대한 그대로의 반응ㅋㅋㅋ

: 이젠 우리들의 모국어.

: 챠미 쨩, 하염없이 휘둘리는 중ㅋㅋㅋ

: 시온 마마처럼 즉흥 대응이 특기인 것도 아니니까ㅋㅋㅋ

@ 챠미 쨩과 오프 콜라보를 하고 있는데, 챠미 쨩도 스트제로의 늪에 가라앉힌 건가요? 그리고 다른 사람 중에서 스트제로의 늪에 빠뜨리고 싶은 라이버는 있나요? @

“오히려 스트제로의 늪이라면 리얼로 만들어서 제가 빠지고 싶네요.”

"응. 오랜만에 사람에게서 광기를 느꼈어. 그리고 나는 빠지지 않았어."

: 스스로 들어가는 거냐…….(당황)

: 탄산 욕탕인가?

: 여기까지만 보고서도 이미 복근이 파열됐으니까 나는 지금 사실상 복근 운동 중이다.

@ 당신이 떨어뜨린 것은 이 스트제로 (・ω・)ノシ(레몬)? 아니면 이 스트제로 (・ω・)ノシ(롱캔)? 아니면…… 이 스트제로냐아아아아아아아아 (ノ・ω・)ノ 빠바밤!! 「스트제로 한 박스」?! @

"스트제로 제조 공장입니다."

"마마, 살려줘! 사회는 무서운 곳이었어."

: 욕망의 덩어리.

: 꿀잼이 넘쳐나서 벌도 일 안 할 듯.

: 남의 집에서도 꿀잼 제조 활동이 왕성하구만.

: 미신고 양봉장 운영 아닌가요?

: 챠미 쨩, 스트제로로 사회를 배우다.

"후우, 좋았어! 카스텔라 답변은 이 정도로 할까!"

"응, 그렇네. 이제 막 시작했는데도 이상하게 지쳤어……."

: 수고~.

: 옆에 있는 태클 유발 머신 탓에 챠미쨔마 과로사하겠다.

: 챠미 쨩, 벼룩 멘탈인데도 아까부터 커뮤니케이션은 제

대로 하고 있는 게 장해!

: 그러게.

: 콜라보에서 이 정도로 말하는 거 처음 본 것 같다.

“아~, 확실히 그렇네. 뭐라고 해야 할까……. 내 낯가림은 누군가가 확고하게 대화를 리드해주는 사람이 있으면 뜻밖에 말이 좀 나오는구나. 오히려 나랑 가까운 타입인 사람이 모였을 때는 말이 없어지고 배려하는 최악의 상황에 빠지는 모양이야.”

: 어쩐지 이해가 돼.

: 이끌어주는 사람이 없는 조합에서 흔히 볼 수 있는, 아무도 앞으로 나서지 않아서 망하는 패턴…….

: 마지막에 팀으로 발표할 때, 배려라는 이름의 귀찮은 일 떠넘기기가 시작됐을 때는 정말로 지옥 그 자체.

: 너희들, 낯가림에 대해 너무 잘 아는 거 아니냐고…….

: ㅋㅋㅋㅋ

“그렇구나! 그러면 「팍팍 가즈아」 정신으로 가면 된다는 거구나, 챠미 쨩!”

“그만하세요더이상은죽어버려요.”

“으랏쌰~! 기합을 넣고 다음 기획 간드아~!”

“위험하네……. 지금 사조성(死兆星)이 보인 것 같아.”

: 하늘을 보라!! 보일 것이다. 저 사조성이!![#12]

: 죠잉죠잉토키~[#13]

"그렇게 됐으니, 챠미 짱의 콜라보라고 하면 이거! 『챠미 짱의 대화 덱 구축』의 코너로 가보자~!"

"와~와~! 두두둥! ……빠, 빠라바라바라밤……."

"한 발 뺐다."

"단 네 글자로 공포를 주다니……? 이, 이게 커뮤력의 차이라는 거야?!"

: 챠미 짱, 정신 차려!

: 솔직히 귀여웠다.

: 기세에 맡겨 말하다 보니 물러설 수가 없게 됐구나.

: 이걸 커뮤력이라고 우기면 전 세계의 인싸들 모두 성희롱으로 잡혀갈걸ㅋㅋ

: 이 코너를 위해서 살아왔다.

: 살아갈 희망이 풍전등화인 형씨, 강하게 살아라.

"무심코 내 The 딸 센서가 반응해버렸다. 죄송합니다……."

"『The』를 붙이면 뭐든지 멋져 보인다 생각하면 큰 착각이야."

어디 보자. 이제부터 할 『챠미 짱의 대화 덱 구축』은 챠미가 콜라보 때 자주 하는 단골 기획이다.

#12 하늘을 봐라!! 보일 것이다. 저 사조성이!! 만화 [북두의 권」에서 작중 인물「토키」가 「라오우」와의 전투에서 외쳤던 대사. 이 별이 보이는 사람은 머지않아 죽을 운명이라는 작중 설정이 있다. 실제로도 북두칠성의 별 중 하나인 미자르의 옆에서 관측 가능한 별이며, 「알코르」라고도 불린다.

#13 죠잉죠잉토키~ PS2의 격투게임 「북두의 권」에서 캐릭터를 「토키」로 고를 때 듣는 일련의 효과음. 위로 방향키를 입력하는 효과음(죠잉) 2번과, 캐릭터 선택 시 나오는 내레이션(토키~)를 이어 만든 문구이다.

대략적으로 설명하면 이러하다. 이런 상황에서 대화가 어려워진다는 주제를 챠미가 내고, 그에 대한 좋은 대응을 콜라보 상대와 함께 생각한다는 기획이다.

그러나 라이브온 멤버들은 너무나 개성적이다 보니 제대로 된 조언에 섞여, 가끔 폭소가 터지는 기발한 의견이 나오는 것으로 인기가 있는 기획이다.

"좋아! 그러면 챠미 쨩, 주제를 내봐!"

"그렇네. 점원을 부르는 벨이 없고 점원이 홀 내부를 별로 돌아다니지 않는 타입의 인기 음식점은 위험해. 요전에 주문하려고 점원을 부르는 데만 시간이 엄청 걸렸어."

: 너무 공감된다고!

: 다른 손님이 있는데 큰 소리는 못 내지…….

: 점원이 바빠 보이면 불러도 되는지, 다른 손님과 겹치지 않을까 생각해 버리잖아.

: 이심전심이군.

: 응? 다시 말해서 내가 챠미 쨩과 이심전심이라는 것은 사고가 이어져 있다는 거니까 실질적으로 S○X 아냐?

: 저기, 사고회로가 슈와슈와가 되셨어요.

"응! 그러면 호출 벨이 없는 인기 가게의 점원에게 스트제로를 주문하는 시뮬레이션을 해보자!"

"어쩐지 이상한 게 추가됐지만 이제 이 전개에도 익숙해졌어. 시추에이션의 장면 자체는 변함이 없으니까, 이대로 가자."

좋아, 그럼 간드아~!

"일단 테이블에 안면부터 처박습니다."

"이미 이 시점에서 불길한 예감밖에 안 드네."

"그러면 걱정이 된 점원이 다가오겠죠? 그러니 이때 주문합니다."

"그렇구나!"

"우우, 우웨히히히! 저, 점원 양반, 그걸 줘…… 빨기만 해도 머리가 맛이 가는 그거야……! 이제 나는 그게 없으면 살아갈 수가 없다고오오오!! 아아, 외치고 있어, 몸이, 그걸 빨라고오오오! 오켓! 오케케케케케케켓!!"

"있지. 이거 주문해도 나오는 건 스트제로가 아니라 경찰 아저씨 아냐?"

"아하하하! 스트제로니까 인생도 0란 거지!"

"허?"

: 허?

: 허?

: ???

"아, 아하하핫…… 노, 농담은 이만큼만 하고! 실제로 커뮤력을 높이려면 마음을 굳게 먹는 수밖에 없으니까 어려운 문제네. 근육처럼 단련하면 붙는 것도 아니고."

"정말로 그렇다니까."

"나도 학생 시절엔 내 쪽에서 말을 거는 일이 적었어. 블랙 기업에서 여기저기 거래처나 개인 고객을 만나러 끌려갔을 때 일희일비를 하다 보면 멘탈이 남아나질 않는다고 생각했지. 그렇게 다 내려놓은 결과 보통 사람 수준으로 이야기를 할 수 있게 된 것 같아. 아, 그래도 라이브온의 면접 같은 특수한 장소에서는 허접 멘탈 전개가 되지만요."

"아, 그렇구나. 역시 계기가 중요한 걸까?"

"그런 것 같네. 나는 완전히 극약처방이었지만."

"그러면, 아와유키 쨩이 내 계기가 되어주지 않을래?"

"응? 어떻게?"

"이번 방송에선 어쩐지 자연스럽게 말할 수 있는 것 같아. 그러니까 이 감각이 내 계기가 되지 않을까 생각했거든."

"그래서?"

"어려운 건 아니야. 그냥 앞으로도, 지금보다 더 사이좋게 지내요~ 하는 거야."

"뭐야! 그런 것 정도는 당연히 OK야! 오히려 이 몸을 더욱 탐닉할 수 있다고 생각하면우헤헤헤."

"……덤으로 호신술도 배워야겠네."

: 숭고한 러브…… 맞아?

: 좋네요~, 이거.

: 개그로 마무리하지 않으면 직성이 안 풀리는 여자 ㅋ

"좋아, 방송 끝! 챠미 짱, 수고했어~."

"수고했어. 아와유키 짱은 어떻게 돌아갈 거야? 벌써 꽤 늦었는데. 나는 술 안 마셨고 차도 있으니까 바래다줄까?"

"음~ 오늘은 챠미 짱 집에서 잘래~."

"어?! 괜찮아?!"

"오, 오오?"

어, 어라? 어차피 거절할 거라고 생각해서 대충 찔러본 건데 예상외로 엄청 달라붙는걸?

"나 말이야! 누군가 집에 와줘서 같이 자보는 게 꿈이었어!"

"그, 그래?"

"아, 영문을 모르겠다고 생각했지! 낯가림 심한 외톨이인 나한테 친구가 집에 묵는다는 건 최고로 리얼충인 행위야! 동경했어! 챠미리칸 드림이야!"

반짝반짝 빛나는 눈빛으로 이쪽을 보면서 알아듣기 어려울 정도로 빠르게 말하는 챠미.

명백하게 지금까지 본 것 중에서 제일 들떠 있었고, 말투도 본래 성격이 드러난 건지 약간 앳되다.

"하, 하지만 갑자기 묵어도 괜찮아?"

"아, 그건 걱정하지마! 언제 누가 묵으러 와도 괜찮도록 학생 시절부터 손님용 이불, 칫솔, 파자마까지 이것저것 완벽하게 구비해뒀어!"

"학생 시절부터?! 이 정도로 기특하게 준비를 했는데 아무도 파자마 파티하러 안 온 거야?!"

"계에에에속 관리도 빠짐없이 했었어~. 드디어 꺼내볼 수 있네!"

동경이 지나치잖아! 거의 집념인걸?!

뭐, 뭐…… 본인은 당장이라도 춤을 출 것처럼 신이 났고, 나도 여자애 집에 묵는 건 쌍수 들고 환영할 일이지만.

뭔가 어른스러운 분위기인 사람이 이렇게 순수하게 기뻐하는 걸 보는 것도 좋네~. 역시 짱 귀엽다. 보고 있자니 무심코 이쪽도 웃음짓게 된다.

"아, 목욕물 데웠으니까 먼저 씻어!"

"오, 고마워~!"

"같이 씻을까?"

"허억?!"

"에이~, 농담이야~! 반응 귀엽네~!"

스, 스트제로를 빨고 있는 내가 역으로 희롱을 당했다고?!

크, 대응법을 읽을 수가 없다! 신나서 들뜬 낯 가리는 언니는 이 정도로 파괴력이 높은 건가!!

여러모로 가슴이 설레는 한편, 두 사람 다 목욕을 하고서 잘 준비도 마쳤다.

"아, 아까는 미안해……. 오랜 꿈이 이루어진 기쁨으로 이성을 잃었었어."

"아냐아냐."

챠미가 침대, 나는 그 옆에 정말로 청결하게 보관되어 있던 이불을 깔고 자기로 했다.

아, 그러고 보니 나도 누구 집에 묵는 건 고등학교 때 이후 처음이네. 어쩐지 나도 가슴이 뛰기 시작했어.

술을 마신 건 저녁 식사 때였고, 목욕도 했으니까 이제 슬슬 취기가 깨기 시작한 걸지도 모르겠네.

챠미도 냉정함을 되찾았는지, 부끄러운 기색으로 고개를 숙이고 있었다.

"아, 그렇지! 기왕 이렇게 됐으니까 귀 청소라도 해줄까?"

"무, 뭐시라고요?!

어색한 분위기를 견디지 못하게 됐는지, 챠미 쪽에서 터무니없는 말을 꺼냈다.

그, 그건 혹시 매일 듣고 있는 챠미 짱의 ASMR을 리얼 체험할 수 있다는 것이오이까?!

위험해위험해……. 나 내일 죽는 거 아니지?

"자, 무릎에 누워! 하지만 사실 그렇게 ASMR 방송으로 귀 청소를 했으면서, 남한테 해주는 건 처음이니까 잘 할 수 있을지 모르겠지만."

"어, 넵."

너무나도 신성함에 송구함을 느끼면서도 그 신성한 허벅지에 머리를 올렸다.

"그러면, 간다."

드디어 이 상황을 뇌리에 각인하고 마음껏 탐닉하려고 생각했는데…….

"하아…… 하아…………윽!"

"잠깐만, 기다려 챠미 짱! 손이 너무 떨려어! 엄청 부들부들 떨리고 있다니까! 이대로는 내 귀가 걱정돼서 E카드를 했을 때의 카○지 군 같은 심정이 되잖아!!"

"미, 미안해! 이렇게 다른 사람 얼굴에 접근한 적이 없어서 긴장돼서! 심호흡. 심호흡……."

역시 챠미 짱! 기대를 배신하지 않네!

하지만 차츰 이 상황에 익숙해졌는지, 귀 청소 특유의 행복한 시간이 찾아왔다.

정말로 어째서 귀 청소는 이런 기분이 드는 걸까? 자연스럽게 눈이 감겨서 열리질 않는다니까.

불과 몇 분 만에 졸음 MAX다.

"후훗. 자도 돼."

"으응…… 챠미 짱이랑 같이 잘래."

"어머. 그럴래?"

"같은 이불에서 자고 싶어."

"읏?! 조, 좋네, 그거! 어쩐지 엄청 리얼충 같아! 후헤헤, 지금 나는 완전히 리얼충이야. 틀림없어!"

"으응…… 진짜 리얼충은 자기를 리얼충이라고 안 할 거야…………."

그렇게 결국 같은 이불에서 잤습니다! 해냈다!

코코로네 아와유키의 청초 탈환 계획

챠미 짱과 오프 콜라보를 즐긴 다음 날. 나는 챠미 집에서 받아온 신병기를 선보이기 위해 얼른 방송을 시작했다.

"—여러분 안녕하세요. 오늘도 예쁜 담설이 내리네요."

: 벌써 시작했다!

: 아와 쨩이다~!

: 굉장해. 시작한 시점에서 시청자 거의 하레룽 급이네.

: 성장했구나~.

: 뒤늦게 찾아온 3기생의 진짜배기.

: 그보다도 그…… 방송 타이틀이…….

"네. 채팅창에도 언급하시는 분이 있습니다만, 오늘 방송은 『코코로네 아와유키의 청초 탈환 계획』입니다!"

: ㅋㅋㅋㅋ

: 이 시점에서 마무리가 보인다.

: 그림의 떡이 목에 걸린 여자.

: ㄹㅇㅋㅋ 밖에 못 치겠군.

: 타이틀만 가지고 이렇게나 재미있다니, 역시 천재인가?

"이상하네요? 저는 대단히 진지하게 말하는 겁니다만…… 웃음 게이지는 0일 텐데요……."

: 응? 지금 스트제로라고 했지?(난청 주인공)

: (말) 안 했어요.

: 사람은 살아온 모습에 따라서 말이 가진 의미가 바뀌는 법이지.

: 깨우친 형씨 좋아.

응. 솔직히 이렇게 될 건 알고 있었지!

"요즘 말이죠. 아무래도 저를 스트제로의 의인화라거나 살아 있는 꿀잼 제조 공장이라거나 곰돌이 ㅇ라거나 영원의 0라거나 머릿속에 고환이 가득 차 있다거나, 명백하게 청초하지 못한 식으로 부르는 분이 많습니다."

: 미안, 벌써 꿀잼 항아리 깨져서 홍수났다.

: 몇 개는 처음 들었는데ㅋㅋㅋ

: 고환이라고 하지마ㅋㅋㅋ

: 무슨 짓을 저지르면 이런 별명이 생기는 거냐……(경외)

"오늘의 저는 진심입니다! 슈와 쨩이라는 의문스런 인물의 그림자를 완전히 떨쳐내고자, 오늘은 청초 100%의 아와유키를 보여드리겠어요!"

: 어, 어음, 그렇군요.

: 정말로오?

: 괜찮을까…….

: 스트제로는 9%입니다. 100%면 죽어 버려요.

: 대화의 캐치볼에서, 받아낸 야구공을 축구공으로 만들

어 돌려주는 형씨 좋아.

: 채팅창에 의심이 가득해서 빵 터짐ㅋㅋ

: 나는 진심으로 기대 중.

: 뭐, 아와 쨩이니까 결국 레전드화 갱신일 거야!

"이번에는 카스텔라 답변을 한 다음, 여러분을 깜짝 놀라게 할 계획을 준비했으니 완벽합니다!"

: 진짜냐!

: 이건 기대해도 되나?

: 챠미쨔마라면 안심.

: 해냈다.

: 채팅창의 챠미쨔마와 아와 쨩의 취급 차이ㅋㅋㅋ

"그러면 우선 평소처럼 카스텔라를 받아볼까요?"

@ 스트제로일까. 역시 ㅋㅋ

저 자신은 그렇게 생각하지 않는데, 주변에서 스트제로랑 닮았다고 자주들 말해요ㅋㅋㅋ

요전에 양아치가 시비를 걸었을 때도, 깨닫고 보니 의식을 잃고 주변에 스트제로만 쓰러져 있었고요. ㅋㅋㅋ

참고로 여자친구도 스트제로랑 닮았음(안 물어봄ㅋ)[#14] @

"후, 후후훗! 푸, 후히, 오, 오호호오호호호! 재, 재밌는 카스텔라군요!"

#14 스트제로인가 역시ㅋㅋ~ 한 SNS에서 유래한, 라이트노벨 「소드 아트 온라인」의 주인공 「키리토」와 자신이 닮았다며 쓴 문구. 흔히 「이키리토 문구」로 알려진 정형문이다.

: 폭소를 필사적으로 참는 거 개웃겨.

: 이건 아무래도 웃지.

: 스트제로를 닮은 건 100퍼 칭찬이 아니잖아 ㅋㅋㅋ

: 여친이 스트제로랑 닮은 거냐……(가엾게도)

@ 아와유키, 가르쳐다오……. 우리는 앞으로 몇 번 슈퍼챗을 보내야 하지? 나는 앞으로 몇 번 라이브온의 라이버에게 슈퍼챗을 하면 되는 거냐……. 스트제로는 나에게 아무 것도 말해주지 않아……. 가르쳐다오, 아와유키![#15] @

"어째서 스트제로에 먼저 해답을 구하는 건가요……. 슈퍼챗은 무리가 없을 정도로 하는 것이 제일입니다! 괴로워하며 보내는 슈퍼챗에는 라이버도 슬퍼할 거라고 생각해요. 적어도 저는 그렇습니다!"

: 말 잘했다! 그래야 라이버지!

: 라이브온 덕분에 일에 모티베이션이 생겨서 출세했습니다.

: 오~ 좋은걸!

@ 스트리○ 파이터 시리즈 중에서 좋아하는 건 무엇인가요? @

"흐흠! 시리즈라면 ZERO라고 말씀드리고 싶지만, 실제로는 4나 5일까요? 그리고 캐릭터는 카린이 좋습니다."

: 이건 겉보기에 청초해 보이는 캐릭터를 고른 거 아닐

#15 아와유키, 가르쳐다오……. 애니메이션 「신기동건담 W Endless Waltz」의 극중 클라이맥스 단계에서 주인공인 「히이로 유이」가 「우페이」와 사투를 벌이며 나눴던 대화의 패러디.

까……?

: ㅋㅋㅋ

: 이건 언젠가 슈와 쨩한테도 물어보고 싶다.

@ 만약 스트제로를 사용한 디저트를 만든다면…….

레시피 가르쳐드리면 직접 만들어서 드실 건가요? @

"제가 만드는 건가요? 다만 레시피는 『요리를 좋아하는』 저로서는 흥미진진하니 부디 가르쳐 주세요."

: 요리할 줄 안다는 어필ㅋㅋㅋ

: 어필과 동시에 스트제로를 활용한 메뉴도 입수하는 숙련자

: 스트제로를 안주 삼아 스트제로 마시게 될 것 같다.

@ 어젯밤엔 좋은 시간을 보내셨을 것 같네요. @

"후후훗. 사실 여러분이 생각하는 것 이상으로 좋은 시간이었거든요? 나중에 얘기할게요!"

: 뭐라고?!

: 덜컥!

〈우츠키 세이〉: 전라 대기.

: 뭐가! 무슨 일이 있었는데요?!

: 채팅창 속도 확 늘었다ㅋㅋㅋ

: 세이 님이 전라 대기라고 하면 정말로 벗고 있을 것 같음ㅋㅋ

"자, 그러면 여러분도 더 기다릴 수 없을 거라 생각하니

까. 얼른 챠미 쨩에게 받은 비밀병기를 보여드릴게요!"

요즘엔 안 그래도 아와 쨩과 슈와 쨩의 경계선이 애매해졌다고 한단 말이지!

가끔은 모두에게 청초한 아와유키를 떠올리게 만들어 줘야지!

자아 간다아~!

딴 딴 따다다다! (카앙) 따다다다![#16]

……이런 밈이 머릿속에 떠오르는 시점에서 이미 늦은 게 아닐까?

뭐, 정신 똑바로 차리고!

"우후후, 오늘은 이런 느낌으로 해볼까 생각합니다~!"

신병기, 챠미 쨩에게 받은 ASMR용 마이크의 등장이다~!

목소리의 크기를 약간 줄이고, 음색도 숨결을 섞은 위스퍼 보이스로 바꾼다.

: 후왓?!

: 핥짝! 이것은 청산가리?!

: 「ASMR입니다」라고 말하고 싶지만 아마도 저 형씨는 임종했다.

: 그렇군. 챠미 쨩이니까.

: 술냄새 날 것 같다고 하고 싶지만, 이건 솔직히 위험하군.

#16 딴 딴 따다다다! (카앙) 따다다다! 게임「로맨싱 사가」의 캐릭터 「칼 아우구스트 나이트하르트」의 등장 장면에서 들을 수 있는 BGM. 리메이크 버전에서 나이트하르트의 오묘한 더빙이 뒤늦게 영상 투고 사이트에서 폭발적인 인기를 끌기 시작하자, 이에 덩달아 그의 전용 BGM마저 밈이 되었다.

: 청초하다! 귀엽다! 야호~!

: 목소리는 참 멋지다니까.

: 귀가 임신해버렷!

: 이것이 스트제로로 단련된 성대의 힘인가…….

"네~에. 지금 스트제로라고 한 사람은 귀에 스트제로를 흘려 넣습니다~. 탄산 슈와슈와 기분 좋지?"

: 히엑?!

: 기뻐해라, 너희들 탄산계 ASMR 좋아하잖아?

: 귓가에서 말하면 정말로 오싹한데?ㅋㅋㅋㅋ

: 히에에엑! 살려주세요!

: 설마 슈와 쨩은 아와 쨩이 귓구멍에 스트제로를 넣은 결과, 머리가 슈와슈와해진 상태일 가능성이 미레존[#17]?

: 너무 참신한 음주 방법이군. 아와 쨩이 아니면 놓쳤을 거야.

"농담은 이 정도만 하고, 아까 허락도 받았으니까 어제 샤미 쨩 집에서 있었던 일이라도 이야기해볼까 합니다. 사실은요~. 샤미네 집에 하룻밤 묵었답니다!"

: 뭣이라?!

: 3초 기다려주마! 시간 됐다! 계속 말해보실까![#18]

#17 미레존 「미립자 레벨로 존재한다」의 줄임말. 가능성은 굉장히 희박할 때 쓰는 단어.

#18 3초 기다려주마! 부유성이 등장하는 모 애니메이션의 등장인물인 「무ㅇ카 대령」의 대사를 패러디한 문구. 원작에선 위기에 처한 주인공이 히로인과 대화를 하고 싶다고 하자, 무ㅇ카 대령이 「3분 기다려주마!」라고 했으나 50초밖에 지나지 않았음에도 시간이 다 됐다며 총을 겨누는 장면에서 화제가 되었다.

: 성급한 무○카 있구만.

: 실제로 무○카도 50초 정도밖에 안 기다렸지.

: 로리콘에 백합 애호가이기도 했던 건가(기겁)

: 아와유키의 몸이 virtual인지 스트제로인지, 그것마저 우리들의 과학력으로는 알 수가 없다.

〈우츠키 세이〉: 우리 집에도 묵고 가지 않겠는가?

"신변의 위험을 느끼니까 이번에는 거절하겠습니다."

〈우츠키 세이〉: (´・ω・`)

: ㅋㅋㅋㅋㅋㅋㅋ

: 문장에서조차 감출 수 없는 욕망.

: 섹세이 님 상대로 가끔 나오는 S 아와 쨩 최고다!

: 전라 대기하고 있는 사람이 그런 말을 하는데 당연한 반응이지 ㅋㅋㅋ

"본론으로 돌아가서, 처음에는 묵을 예정이 없었는데요. 제가 시험 삼아 말해봤더니 샤미 쨩이 누가 묵고 가는 것에 어마어마한 동경이 있었는지 정말로 묵고 가게 됐어요. VTuber로서 이 일은 리스너에게 이야기할 사명이 있다고 생각하니까 자세하게 설명을 할게요!"

: 과연 잘 알고 계시는군.

: 여자에 관해서는 유능한 아와유키.

: 최저최악의 별명이 늘어나서 웃김ㅋㅋ

: 그렇지 않다! 개그에 관해서도 유능해!

: 역시 개그맨인가요?

: 챠미 집에 누가 묵고 가거나 한 적이 없을 테니까…….

: 매일 묵으러 갑시다.

: 그건 동거라고 하는 거야.

: 번뜩였다!

"일단 저녁인데요. 둘이서 오므라이스를 만들어 먹었어요! 후훗, 제가 있으니까 챠미 쨩이 긴장해서 달걀로 감싸는 걸 실패해서 풀이 죽었어요. 귀엽지 않나요?! 얼굴이 빨개져서는『펴, 평소에는 이런 거 여유로워! 어째서 오늘만……』이라고 말했어요."

: 안정적인 개허접 멘탈 챠미 쨩 귀엽다.

: 오히려 실패한 걸 먹고 싶어.

: 조금 이해된다.

: 이 속삭임 상태에서 존귀한 에피소드가 연발되는 건가? 견딜 수가 없어.

: awa is god.

: 아와유키는 청초합니다! 아와유키는 청초합니다!(행복한 건 의무입니다란 느낌으로)

후후훗! 봐라 이 채팅창! 완전히 내가 청초하다는 게 증명됐네요!

야. 방금 챠미 덕분 100%라고 생각한 녀석 밖으로 나와.

"뭐, 막상 먹을 때는 챠미 쨩의 매니저 탓에 스트제로가 나왔지만요…….”

: **진짜냐ㅋㅋㅋ**

: **매니저 너무 유능한 거 아니냐고ㅋㅋ**

: **과연 라이브온은 기대를 배신하지 않는다.**

: **이건 매니저에게 슈퍼챗 쏴야지.**

“그리고, 그다음에 말이죠. 방송 끝나고 따로따로긴 했는데요. 목욕한 다음에 머리를 말려줬어요! 이야~ 정말로 매끈매끈해서 계속 만지고 싶어졌어요! 저도 그러고선 드라이를 받았어요!”

: **오호**—— (´ ω `)

: **존귀사**

〈야나가세 챠미〉: 밖에 안 나가니까 머리칼이 상할 일이 없다던가, 그런 이야기라고.

: **개웃겨**

: **본인이 있잖아!**

: **이유에 울었다.**

“챠미 쨩! 그러면 다음에 유원지라도 갈까?!”

〈야나가세 챠미〉: 지금 준비할게.

“잠깐! 행동이 너무 빨라! 진정해!”

: **챠미 쨩 내심 엄청 기뻐할 것 같다ㅋ**

: **두 사람의 눈부신 사랑, 아흣~!**

: **그리운 밈이 나왔군…….**

“어, 어어~. 그러고 나선 자기 전에 귀 청소를 받았어요!”

: 왓?!

: 그런 부러운 일을…….

: 리얼 ASMR 체험이잖아!

: 챠미 쨩이 슈와 쨩한테 봉을 집어넣어 기분 좋게 만들고, 한 침대에서 잔다. 실질적으로 S○X 아냐?

: 무자각 공의 챠미 쨩 × 주정뱅이 유혹 수의 슈와 쨩

: 얇은 책 나오는 각.

“정말로 저는 귀 청소 받는 거 좋아하거든요. 그게 지나쳐서 어릴 때 귀가 빨갛게 된 이후론 병원에 간 뒤부터 가끔씩만 하지만요.”

: ㅋㅋㅋ

: 옛날부터 리미터가 없었구만…….

: 중독성 있는 것에 너무 약하잖아ㅎㅎ

: ASMR인데 가끔 호러틱한 말을 하니까 릴랙스할 수가 없어ㅋㅋ

: 아, 아직은 충분히 청초해!

아차. 귀 청소에 대한 정열이 너무 강한 나머지, 방심하면 또 방향성이 청초에서 벗어나 버린다!

아직이야, 아직 안 끝났어!

“하, 하하핫, 마, 마지막에는 사이좋게 한 이불 덮고 자버렸어요!”

: 키마시타와~

: 레알?

: 이건 실질적으로 결혼이잖아.

: 살아 있길 잘했다.

: 흐~응, 야하잖아.

"귀 청소로 졸음이 쏟아져서 제가 먼저 자 버렸는데요~. 아, 하지만 일어나는 건 제가 빨랐어요! 후훗, 기왕 깬 김에 아침 식사를 만들었더니 샤미 짱도 일어났지 뭐예요. 그러자 『아와유키……? 꿈인가……』라더니 다시 자버렸단 말이죠."

: 아빠미소가 멈추질 않는다.

: 샤미쨔마 귀여워!

: 겉모습과 갭이 최고!

〈야나가세 샤미〉: 그건 누가 내 집에 묵는 게 처음이라 기분이 고양돼서 늦게 잠든 탓에 잠에 취했던 거야.

: 어린애냐!

"우후후, 그 뒤에 아침 식사를 만들고 다시 깨우러 갔더니 드디어 상황을 이해하고 얼굴이 새빨개져서 하와와~했어요."

: 아침햇살짹짹 에피소드 들어서 만족.

: 이건 청초 확정입니다.

: 잘했다! 그래야 청초지!

훗, 아무래도 이번에는 나의 완전 승리로 막을 내리게 될 것 같군요.

라이브온의 청초함을 완전히 탈환했다고 해도 과언이 아니지 않을까요?

우~~훗 ㅋㅋ 아~하아~하아~하아~ㅋㅋ 후아아~하아~하아~하아ㅋㅋ 와~하하~하~핫ㅋㅋㅋ우~~하~핫ㅋ(파○가스 느낌으로)

"좋아요. 보고는 이걸로 끝입니다. 시간도 늦었으니 방송도 슬슬 끝내겠습니다."

: 수고~.

: 수고입니다!

〈우츠키 세이〉: 숭고한 나머지 정신을 잃고 있었다.

: 잘했다. 이번 일이 세상에 알려지지 않는 건 인류의 손실이다.

: 수고~.

어디 보자, 사실 내일은 분명 라이버 인생에서 잊을 수 없는 날이 될 예정이다. 대비해서 충분히 수면을 취해야지!

수익화 기념 방송

"하아, 하아."

평소처럼 방송을 시작하려고 PC와 연결된 모니터 앞에

마주 앉은 나였지만, 그 심정은 명백하게 평소하고 달랐다.

심박수가 올라가고 호흡이 흐트러진다. 이 정도로 방송 전에 기분이 고양된 건 첫 방송 이후 처음일지도 몰라.

조바심 나는 마음을 어떻게든 억누르고, 떨리는 손가락으로 방송을 시작했다.

스트제로를 너무 마신 탓에 금단 증상이 나온 거 아냐! 오히려 지금은 맨정신이야!

이 정도로 기분이 고양된 이유, 그건…….

"여러분, 안녕하세요? 오늘도 예쁜 담설이 내리고 있네요! 그러면, 이번에는 수익화 기념방송입니다! 게다가 마시롱이 그려준 신규 스탠딩의 공개와 그 밖에도 알찬 내용이 있어요!"

: 왔구나―――(・∀・)――― ¥500

: 푸슉!

: ¥155

: 푸슉!

: ¥155

: 푸슉!

: ¥155

: (수익화가) 너무 느리닷피! ¥10000

: 축하해~! ¥1000

: 니트 졸업 방송이라고 들었습니다. ¥3000

: 오, 청초 모드 시작이다!

: ¥155

: 본성 들킨 이 타이밍에 신규 스탠딩……? 어쩐지 미래가 보이는 것 같은데ㅋㅋ ¥800

그래! 오늘은 기다리고 기다리던 수익화가 통과된 기념 방송인 것이다!

아아, 채팅창에 따라가기도 힘든 속도로 대량의 슈퍼챗이 날아오고 있어…….

완전히! 기분 최고야! 내가 경제를 돌리고 있어!

그렇게 기뻐하다니, 돈 때문에 했던 거냐! ……라고 혹시 화내는 사람도 있을지 모르지만, 기쁜 건 기쁘니까 어쩔 수 없어!

지금까지 인생 밑바닥까지 떨어져 있었는데 성공을 이룬 순간이라고. 누가 뭐라고 해도 나는 지금 기쁨의 극치에 있다!

아아아아아……. 나는 세계에서 제일 행복해…….

“여러분, 정말로 고맙습니다! 지금 저는 맨정신입니다만, 오늘은 경사스런 날이니 종종 채팅창에서 보았던 스트제로란 술을『처음으로』마셔볼까 합니다!”

: 엥?

: 엥?

: 엥? ¥1000

: 여기까지 탬플릿.

: 그래그래 그래놀라. ¥500

: ¥155

"그리고, 신기하게도 155엔의 슈퍼챗이 대단히 많은 것 같아요. 정말로 수수께끼지만 절을 올리며 감사의 말씀을 드립니다. 이걸로 나는 앞으로 10년은 싸울 수 있다."

: 왜 155?

: 편의점에서 스트제로 살 수 있는 가격이거든.

: ㅋㅋㅋㅋ

: 엄청 기뻐 보여서 웃기네.

: 신성한 세 자리 숫자다.

: 나도 보내야지. ¥15500

"자, 그러면 오늘은 350ml 레몬 맛으로 건배를 할 생각입니다!"

푸슉!

: 푸슉!

: 푸슉!

: 나도 푸슉!

"그러면— 건배! 꿀꺽꿀꺽꿀꺽…… 푸하아아아아!!"

: 건배~!

: 엄청 맛있게 마시네ㅋ

: 도저히 스트제로 처음 마시는 것 같지 않은 모습ㅋㅋㅋ

: 이거 같이 마시는 것도 좋구만 ¥5000

: 이건 술 테러다!

아아, 위험해. 이 수익화를 통한 마음의 충실감과 스트제로의 유열 더블 콤보, 응기이분죽인다아아아!!

이걸로 집세를 낼 때마다 통장의 잔고랑 눈싸움을 하면서 식은땀을 흘리지도 않고 다른 라이버들이 하는 게임도 살 수 있어.

아아, 이 마음의 울타리가 철거되는 해방감…… 뭔가 이렇게 울컥하네.

"훌쩍, 우으…… 정말로 행복해……."

: 후앗?!

: 울었다?! 이 녀석, 스트제로 마시고 우는데?!

: 에에에…… (당황)

: 물 만난 물고기라고 말하려 했는데 자기 몸에서 물을 내놓기 시작함ㅋㅋ

: 아와유키, 망가지다.

: 아와 쨩이, 슈와 쨩이 되어 버려엇!

"아니, 정말 지금까지 인생에서 이렇게 기쁜 일이 없었어요! 학생 시절에도 수수하고 눈에 안 띄었고, 사회인이 됐더니 블랙 기업에 존엄이 파괴됐으니까. 그렇게 구제불능이던 내가 지금 이 많은 사람들한테 사랑받는다고 생각하니까 눈물도 나오죠!"

: 울었다.

: 살아라. 그대는 재미있다 ¥20000

: 개인적으로 섣불리 겸손을 떠는 것보다 이 정도로 기뻐해주는 게 슈퍼챗 보내는 이쪽도 기쁘다 ¥5000

: 완전 공감.

: ¥155

: 더 행복해져라.

"우으으, 다들 고마워! 다음에 스트제로 박스로 사야지!"

: 엇

: 그건 위험해!

: 슈퍼챗 그만두는 편이 좋겠는데!!

: 건강을 위해서라면 어쩔 수 없지.

:

:

:

: 그렇게 많던 슈퍼챗이 한 방에 멈춘거 뭐임ㅋㅋㅋ

"아니아니아니, 농담! 농담이야! 일주일에 이틀은 술도 안 마실거고 과음은 안 할 거야아~!!"

: 개웃겨 ¥400

: 취기가 돌아서 머리가 슈와슈와가 되기 시작했군 ㅋㅋㅋ

: 정말로 인간미가 다 드러나서 졸귀 ¥1000

"후, 후우! 그러면 슬슬 캔 하나가 비었으니 신규 스탠딩

공개를 하겠습니다~! 더욱이 그다음에는 카스텔라 답변과 도츠마치[#19]를 할 거야~! 자, 두 번째 롱캔을 따는 것과 동시에 신규 스탠딩 간드아~!"

스트제로를 따는 푸슉! 소리와 동시에 스탠딩을 그 펑퍼짐한 청초 제로 셔츠에 숏팬츠만 입은 스탠딩으로 변경했다.

: **푸슉!**

: 롱캔은 200엔 넘으니까 코멘트 표시 할 수 있네 ¥211

: 진짜다! ¥211

: 아니 스탠딩이 ㅋㅋㅋ

: 이것은 슈와 쨩입니다. 틀림없어.

: ㄹㅇㅋㅋ 핵꿀잼ㅋㅋㅋ

: 이거 백합을 좋아하는 게 아니라 부녀자였다면 틀림없이 꿀이라도 썩었다. ¥251

〈이로도리 마시로〉: 회심의 완성도.

: 마시롱이다!

"마시롱~! 그려줘서 정말 고마워! 좋아해!"

〈이로도리 마시로〉: 나도야. 수익화 축하해. 나중에 도츠할게. ¥10000

: 숭고하다.

#19 도츠마치 스트리밍 방송에서 다른 스트리머나 게스트의 연락이나 참여를 기다려 함께 방송을 진행하는 것.

: 키마시타와~.

: 이 두 사람의 커플링, 너무 좋다.

: 커플 이름은 슈와슈와마시마시다!

: ㅋㅋㅋㅋㅋ

: 모 노란색 라면 가게냐?

"빨간 슈퍼챗…… 정말! 도츠까지 전라로 대기할게요!"

〈이로도리 마시로〉: 기껏 그려준 옷을 벗지 마.

: ㅋㅋㅋ

: 궁합 죽인다ㅋㅋㅋ

: 실화냐ㅋㅋㅋ

"자 그러면 슬슬 카스텔라 답변을 하면서 도츠마치한드아~!"

@ 만에 하나, 억에 하나라도 스트제로를 끊는 일이 있다면, 대신 어떤 술을 마실 건가요? @

"만들 겁니다."

: 야ㅋㅋ

: 밀조잖아!

: 범죄에 손을 대버리네ㅋㅋ

"창업해서 허가받고 만들 겁니다."

: 사랑이 무거워 ㅋ

: 논스톱 지원 ¥5000

: 머릿속의 스트제로가 제조법을 가르쳐주겠지.

@ 항아리 할멈 「있잖아. 지금 기분 어때?」 @

"항아리 쓰레기 자시이이익!! ㅇ어어어어어!!"

: ㅋㅋㅋㅋ

: 진심으로 원한이 느껴짐ㅋㅋ

: 다음 플레이 기다릴게요!

@ 스트제로 「그런데, 이 롱캔을 봐줘. 이 녀석을 어떻게 생각하지?」 무척…… 커다래요……. @

"우훗! 멋진 스트제로……."

: 우훗! (청초)

: 어떤 밈이든 통하는 여자.

: 스트제로에 개체 차이가 있는 건가? (당황)

: 뭐, 스트제로는 펫이나 다름없으니까.

: 뭐라?!

@ 스트제로의 좋은 점을 30자 이상 50자 이내로 답하시오. 그리하면 스트제로가 내리리라. @

"스트제로여, 개꿀맛ㅇㅈㅋㅋ, ㄹㅇ제로다."

: 30자 이상도 아니야!

: 5, 7, 5음의 하이쿠잖아ㅋㅋㅋ

: ㄹㅇ제로 좋아

: 웃다가 배 아파.

@ 목표로 하는 스트리머는 있나요? @

"으~음. 고민이 되는데 역시 제일 먼저 떠오르는 건 하레루 선배지. 그런 식으로 선두에 서서 수많은 사람을 이끄는 스트리머가 되고 싶어."

: 역시 하레룽이지!

: 왕도를 걷는다.

: 3기생 오기 전에 들었던 『2기생을 전부 더한 뒤 나누는 걸 까먹은 여자』란 별명 좋아.

: 슈와 쨩이랑 콜라보하면 분명히 레전드 방송이 될 것.

@ 지금까지 본성을 숨기고 있는 거 힘들지 않았어? @

"어~어? 글쎄? 전에는 방송 전에 상당히 긴장했으니까, 지금 생각해 보면 너무 팍팍한 느낌이 있었을지도 몰라."

@스트제로를 좋아하는 걸로 설렁 추태를 드러낸다고 해도,

트집 잡는 사람이 있어도 전력으로 즐기는 게 옳다고 생각합니다.

제한 없이 전력으로 스트제로를 빨아대서 BAN 당하지는 않도록 하고

로드롤러처럼 새로운 길을 가도 아와유키를 좋아합니다!

좋아하는 걸 즐기며 본성을 드러내는 건 맨정신으로는 아직 무서울지도 모르지만

아무런 부담 없이 진짜 모습을 드러내는 날이 오기를 바라고 있어요. @

"고마워~! 하지만 요즘 말이야. 내 본성을 받아들일 수 있게 되어가고 있어. 청초한 아와유키를 버릴 생각은 전혀

없지만, 새로운 무기를 얻었다고 생각할 수 있게 됐어! 분명히 이것도 방송이 재미있다고 해준 모두의 덕분이야!"

: 좋은 얘기를 들었다……. ¥30000

: 진짜로 지금은 라이브온 안에서도 손꼽히는 인기 라이버니까.

: 어마어마한 캐릭터지만 미워할 수 없는 걸 보면 라이브온의 인사가 과연 대단하다고 생각했다.

: 정말로 보답을 받아서 다행이야. ¥3000

: 힌트, 세로 읽기

"오?! 잠깐 기다려, 도츠 왔어!"

신이 나서 통화 화면을 확인했다.

도츠에 와준 첫 라이버는…… 히카리다!

"콘피카~! 축제의 빛은 인간 호이호이! 마츠리야 히카리입니다~! 슈와 쨩, 수익화 축하해~!"

"고마워~!!"

: 콘피카~!

: 3기생의 양심이다.

: 양심……? (일상적으로 10시간 넘는 게임 내구 방송)

: 괜찮아? 이 여자 히카리의 마마가 돼서 꼴린다고 했던 여자인데 ¥1000

: ??? 뭔 말이야?(뉴비임)

: 슬프게도, 문자 그대로의 뜻이다…….

: 당연한 것처럼 슈와 쨩으로 부름ㅋㅋ ¥600

“믿기 어려운 시청자 수네……. 슈와 쨩, 정말로 인기인이 됐구나. 에헤헤, 어쩐지 감개무량하네! 이런 말을 하면 이상할지도 모르지만, 매일 노력한 거 알고 있으니까. 딸의 성공을 기뻐하는 마마 같은 심정이야.”

“그 노력이 다 계속 신경 써준 히카리 쨩 덕분이야!”

“어머나~! 에헤헤, 조금 울 것 같아.”

“어쩐지 방송 중인데 창피하네! 그리고 나는 히카리 쨩의 마마가 되고 싶어우웨헤헤헤!!”

: 허어?

: 마지막의 슈와슈와 두뇌 탓에 트루 러브 코앞에서 막힌 거 실화?

: 회개하세요.

: 이거 받고 돌아가세요. ¥1919

: 그럽시다(편승) ¥810

: 방송의 주역을 이렇게 취급하냐 ㅋㅋㅋ

“그, 그건 그렇고 히카리 쨩! 이제부터 게임 같은 것도 살 수 있으니까 다음에 같이 뭔가 하자!”

“오, 좋은걸~! 아, 다음에 D○R 컨트롤러로 다크○울 플레이하는데, 같이 멀티 해버릴까?!”

“……다, 다른 건 뭐 없을까? 그게! 전용 컨트롤러 연결하는 것도 힘들잖아!”

"으~음. 그러면 눈 가리고 캐○마인드는 어때?!"

"어째서 그런 헬 모드밖에 없어?! 캐○마인드는 눈이 안 보이면 게임으로서 성립이 안 되잖아!!"

"심안을 단련하는 거야!"

"심안이라니…… 뭘 위해서?"

"그야……. 멋있으니까!"

"그럴 줄 알았어. 히카리 쨩 답네……."

: ㅋㅋㅋ

: 평소의 히카리다 ㅋㅋ

: 발상이 완전 M이군.

: 히카리는 귀축 게임 좋아하니까.

: 여기서 무심코 따라가질 않는 걸 보니, 아직 아와 쨩의 인격이 남아있군.

"미, 미안미안! 너무 신이 나서 완전히 내 취향으로 골라버렸어! 어~. 그러면 슈와 쨩은 뭐 해보고 싶어?"

"웅~ 나는~. 역시 야겜 같은 걸까."

"야겜?? 그거 무슨 게임?"

"뜨거운 게임이야. 여러 가지 의미로."

: 후왓?!

: 섹드립이잖아!

: 내 발언을 철회한다. 이 녀석은 슈와 쨩이다.

: 야겜이라니ㅋㅋㅋㅋ

: ㄹㅇㅋㅋ

: 히카리, 도망쳐!

"미캉 소프트의 야겜이라던지 하고 싶다고."

"아, 미캉 소프트는 들어본 적 있어!"

"뭣……? 참고로 어디서?"

"클립으로 봤는데, 전에 세이 님이 방송 중에 실수로 갑자기 게임이 기동돼 버려서, 그 게임에서 처음 나온 소리가『미캉 소프트』였어!"

"그 찐 백합 변태녀는 방송 중에 무슨 짓을 한 거지?"

: 야ㅋㅋㅋㅋㅋ

: 도저히 선배에 대한 별명이라고는 생각할 수 없다ㅋㅋ

: 오늘의「그게 네가 할 말이냐」게시판은 이곳인가요?

: 자기소개?

〈우츠키 세이〉: S인 슈와 쨩도 쪼아

: 본인 등판ㅋㅋㅋㅋ

: 기뻐하는구나(당황)

: 안 되겠어 이 녀석들, 빨리 어떻게든 하지 않으면.

: 정말로 이 둘은 사이 좋구만.

시간도 시간이라서, 아쉽지만 히카리 쨩의 전화는 여기서 마쳤다.

그 후, 채팅창에도 나타난 세이 님이 도츠를 와주거나――.

“아와유키 군, 함께 사노바 하지 않겠는가?”

“야겜 콜라보라니, 진짜 어이없네요. 물론 할 거지만요. 아, 그러고 보니 도츠의 정석 질문하고 싶으니까 물어볼게요. 지금 무슨 색 팬티 입었나요?”

“안 입었어.”

“수익화 기념 방송에서 수익화 박탈을 시킬 셈인가요?”

“이상하네. 질문에 대답한 것뿐인데 혼나고 있는걸?”

—아까 고지한 것처럼 마시롱이 와주거나—

“신규 스탠딩의 볼거리는 펑퍼짐한 티셔츠의 살짝 비쳐 보이는 면과 펑퍼짐한 티셔츠와 숏팬츠의 마리아쥬를 통한 하의실종 허벅지일까.”

“번뇌가 가득한 스탠딩이네!”

“그거, 칭찬이야? 그렇긴 하지만.”

—더욱이 시온 선배까지 와주기도 하고—

“아, 시온 선배.”

“응? 뭔데에?”

@ 슈와 쨩. 시온 마마가 젖병으로 스트제로 먹여주는 거 받고 싶지 않아요? @

“이거랑 비슷한 요청이 산더미처럼 오는데요. 어쩔까요?”

“의미를 모르겠어!”

〈우츠키 세이〉: 벌떡! ¥50000

"잠깐! 세이 님, 뭐 하는 거야?!"

"이제 물러설 수 없어요. 시온 선배……."

"어?! 정말로?! 정말로 하는 흐름이야 이거?!"

"타는 수밖에 없어. 이 빅웨이브에!"

"타는 건 두 사람뿐이야! 나는 휩쓸리고 있는 거니까! 꼭 해달라고 말하면 해주겠지만!"

"해주는구나(당황)."

이렇게 많은 라이버가 와주다니. 정말로 라이브온은 따스하다니까…….

오, 또 누가 왔어!

"우후후, 안녕하세요? 여러분을 치유의 극지…… 극치로 안내해 줄 야나가세 챠미 누나가 왔어요."

"네! 그래서 동기인 챠미 짱이 와줬습니다! 이걸로 동기는 모두 와준 거네요!"

: 발음 꼬였군.

: 정상 운행이니까 신경 쓰지 말라고.

: 목소리 부들부들 떨리고 있어요.

: 떨리는 건 가슴이면 되는데.

: 챠미쨔마는 겉모습과 알맹이의 갭만 따지면 슈와 짱이랑 비슷한 급이지.

: 이렇게 섹시한 모습인데 낯가림이 마구 꼬여 있으니까

챠미쨔마.

: 그리고 왜 더 빨리 안 온 거야! 이 녀석 머릿속은 벌써 슈와슈와 해피 세트라고! ¥5000

"우후후. 사실은 처음부터 방송 보고 있었는데. 누군가랑 통화 타이밍이 겹치지 않을까, 무슨 얘기를 할까 생각하다 보니까 어느샌가 이런 타이밍이 됐어."

: 커뮤니케이션 서투른 사람한테 흔한 일. 주변을 너무 신경 써서 타이밍을 놓친다.

: 이해가 너무 깊군.

: 겉모습은 어른, 두뇌는 우리들

: 소, 솔로 방송 때는 섹시한 누나라고!

"참고로 지금 너무 긴장해서 엄청 열심히 생각한 대화덱을 전부 잊었어."

: 죽음의 덱 파괴 바이러스인가? ¥10000

: 개웃김

: 허당 눈나 졸귀

"저기, 챠미 쨩."

"응? 뭐, 뭔데?"

"결혼해주지 않을래?"

"네에에에에에?!"

: 평소와 같군.

: 안정감 있는 구혼 스타트.

: 안정감은커녕 경우에 따라선 인생이 끝장나는 레벨의 위험한 수가 아닐까, 그거?

: 정○ 스프링클러가 아니라 스트제로 스프링클러.

: 몸에서 스트제로가 나오는 거냐(당황)

: 뭐, 슈와 쨩한테서 나온 체액은 전부 스트제로 같은 거니까.

: 번뜩였…… 번뜩였………… 번뜩이지 않아.

“아니, 나 말이야. 요즘 매일 챠미 쨩의 ASMR 들으면서 자거든.”

“으, 응, 고마워.”

“그러니까, 이제 챠미 쨩 없이는 잠들 수 없는 몸이 됐어. 이제 챠미 쨩이 없으면 살아갈 수가 없겠네.”

“어, 어어어?!”

: 개웃긴다.

: 스트제로 없이는 살아갈 수 없는 게 아니고?

: 아니. 둘 다겠지.

: 술과 여자 없이 살아갈 수 없는 여자, 아와유키.

: ㄹㅇㅋㅋ 업이 너무 깊잖아.

“이건 이제 말이지. 챠미가 나를 이런 몸으로 만든 책임을 지고 결혼을 해야 한다고 생각하거든.”

“그, 그런 거야?”

“그런 거야!”

: 그런 거야(편승) ¥810

: 휩쓸릴 것 같아서 개웃겨

: 최하 난이도 sexy 허당 낯가림 눈나

: 속성의 폭력, 알바○리온인가?

: 잠깐 기다려! 그 논리로면 우리들과도 결혼할 책임이 있다!

: 그런 거야(편승)!!

: 그런 거야(편승)!! ¥30000

: 다들 몰려들어 편승해서 개웃겨

"책임……지세요!"

"아, 알았어! 나는 나 없이 살아갈 수 없는 모두하고 결혼할게요!"

"이룩했다."

그런 흐름으로 챠미가 모두의 색시가 된 참에 도츠는 종료했다.

참고로 훗날 《모두의 색시》가 챠미의 대명사가 되어 엄청 쑥스러워했다. 못 참겠어.

오, 또 도츠 왔다! 위험해! 이 흐름이면 혹시 모두 다 오는 걸지도 몰라!

"야호~! 모두의 마음속 태양, 아사기리 하레루가 떠올랐어!"

"엑?!?!"

한순간, 내 시간이 완전히 멈췄다.

"어, 잠, 어아, 하레………… 아, 뭐야 그런 거구나! 와아~ 기쁘다아~ 아싸~."

: 드디어 왔구나———(・∀・)———

: 하레룽!

: 라이브온 만악의 근원!

: 살아있는 서브컬쳐!

: 왜 마지막엔 감정이 안 담겼냐ㅋㅋㅋ

: 어라? 아까 존경하고 있다고 했으니까 도츠 오면 발광할 거라고 생각했는데.

: 잠깐 기다려! 이거 네코마일 가능성이 있다!

: ㄹㅇㅋㅋ

그거야! 처음에는 당황한 나머지 흐트러졌지만— 동경하는 하레루 선배가 와줬는데도 이 짠맛 대응, 그건 도츠를 보낸 것이 하레루 선배의 성대모사를 하는 네코마 선배라는 걸 깨달았기 때문이다!

네코마 선배, 성대모사 엄청 잘 하니까 방송에서도 자주 보여준단 말이지.

이야~. 네코마 선배도 들킬 걸 알면서 하는 거겠지만, 그럼에도 훌륭한 퀄리티……. 이건 뭐 거의 본인이잖아!

……좋은 생각 났어! 굳이 대답하기 어려운 질문을 해서

네코마 선배를 골려 주자!

그러면 먼저 평소 하는 것부터♪

"하레루 선배. 저 아카이브도 방송도 모두 볼 정도로 하레루 선배를 좋아해요~. 결혼해 주실래요?"

"좋아~!"

"으엑?"

허락해버렸어! 어? 이거 괜찮나? 네코마 선배, 나중에 하레루 선배한테 혼나지 않아?

"……다, 다음에 같이 노래 콜라보라도 할까요!"

"노래 콜라보! 좋네! 사실 하레루도 슈왓치랑 노래 같이 부르고 싶었어!"

"오, 그러면 같이 「일본의 ○구 — 네○다에서 왔습니다 —[#20]」 같은 거 부르실래요?"

이, 이건 어떠냐!

"좋아! 최고로 신날 것 같네! 그다음에 「내는 도쿄○ 갈끼다[#21]」 같은 거 노래해 버리자!"

어라아~? 전혀 안 통하눼~?

"…………같이 귀뚜라미 먹을까요?"

"좋아! 벌레도 제대로 먹을 수 있다는 걸 퍼뜨려보자! 한 종

#20 일본의 ○구 — 네○다에서 왔습니다 — 2008년 한 버라이어티 방송 기획으로 「집나간 남편을 찾기 위해 미국 네바다에서 일본으로 온 3인조 여성 그룹」이라는 컨셉으로, 남성 코미디언과 DJ 세 명이 여장하고 결성한 「야지마 미용실」의 데뷔곡.

#9 내는 도쿄○ 갈끼다 1984년, 일본의 싱어송라이터 「요시 이쿠조」 씨가 부른 곡. 2008년 전후로 일본의 영상 투고 사이트에서 폭발적인 인기를 끌어 지금까지도 사랑받고 있다.

류만 먹으면 시시하니까 유충이랑 두비아랑 타란튤라도~."

"히엑?!"

: 무적인데?ㅋㅋㅋ

: 슈왓치 ㅋㅋㅋ 울트ㅇ맨이냐고 ㅋㅋㅋ

: 네코마…… 그녀는 좋은 녀석이었어…….

: 이거 하레룽이 네코마한테 벌레 먹일 각

: 으응? 이거 네코마……? 으으응??

"마, 마지막으로 오늘 속옷 무슨 색인가요?"

"검정색에 야한 거야."

"우오오오오오오?!"

이런 느낌으로 마지막까지 희롱 당하면서 하레루 선배 흉내를 내는 네코마 선배의 도츠가 끝났다.

근데 네코마 선배, 괜찮은 걸까? 명백하게 성대모사로 해도 괜찮은 선을 넘지 않았나? 그게 제일 걱정이야.

"……어라?"

어째선가 다시 한번 네코마 선배한테서 도츠가 왔는데?

"냐냐~앙! 스트제로의 냄새를 맡고서 등장! 히루네 네코마야."

"어? 저기, 이거 두 번째……?"

"응? 아, 방금 그건 옆에 있던 하레루 선배거든."

"……네?"

"방금 그건 하레루 선배야."

"……."

"본인이야."

온몸에서 단숨에 핏기가 가셨다.

엇, 혹시 나는 동경하는 하레루 선배한테 터무니없는 말들을 했나?

구혼부터 명(?)곡 콜라보 신청에다 식용 벌레에다 마지막으로는 속옷 색까지…….

"이왕 수익화했으니까 기합을 넣고 서프라이즈를 하겠다면서, 하레루 선배가 기합을 넣었거든."

"기야아아아아아아아악!!!!"

"완전 웃기잖아!"

기다리고 기다리던 수익화 기념 방송은, 일단 라이브온 소속 라이버가 다 모인다는 유종의 미를 거두었습니다!

막간 어느 날, 마시롱의 방송

"안녕~ 콘마시로~. 『이로도리 마시로』, 마시롱입니다."

: 콘마시로~!

: 삶의 보람

: 아아아 좋은 목소리구만~.

: 분명히 이 중성적이지만 부드러운 목소리는 한 번 들으면 머리에서 빠져나가지 않아.

인사와 동시에 기세가 확 늘어나, 어느새 읽을 수도 없는 속도로 흘러가는 채팅창.

이제 몇 번째인지도 모를 만큼 방송을 하고 있지만, 지금도 이 순간은 자신에게 흥미를 가져주는 사람이 이렇게 잔뜩 있다는 실감이 들어서 마음이 들뜬단 말이지.

후훗. 그리워라. 첫 방송 때는 두근거려서 방송 직전까지 동기인 아와 쨩이랑 통화를 하며 마음을 진정시켰지.

"오늘은 지난 방송에서 중간까지 그렸던 아와 쨩의 그림을 완성할 거야~."

: 푸슉!

: 우와. 이거 그리는 중인데도 애정 듬뿍 담겼다는 게 느껴져!

: 명백하게 일로서 그리는 게 아니란 걸 알 수 있다.

: 마마니까.

: 동기에 마마가 있는 여자

: 별명이 늘었다ㅋㅋ

: V세계 특유의 파워 워드 ㄹㅇ좋아

"후훗. 나는 내가 그린 거라면 어떤 그림이든 최대한의 사랑을 담고 있어. 그게 프로라고 생각하니까."

: 일러스트레이터의 귀감

: 최대한의 사랑(주로 가슴, 허벅지, 허리)

: 일러스트레이터의 귀감(재인식)

"나는 인간으로서 감성에 솔직한 것뿐이야. 일단 허벅지부터 그려볼까. 그리고 방금 말했지만, 뭐 아와 쨩한테 특별한 마음이 있는 건 부정하지 않아."

: 오?

: 그린라이트?!

: 키마시타와 각인가?!

"아바타를 디자인한 것도 물론이지만, 누가 뭐래도 내가 처음으로 교류를 가진 라이버이기도 하니까. 그렇지. 아와 쨩이 평소에 뭐든 말해도 된다고 했으니까, 조금 옛날이야기를 해볼까."

옛날, 아직 VTuber 생활에 익숙하지 않았을 때를 떠올렸다.

"그립네에. 그 무렵의 아와 쨩은 조금 자신이 없어 보였어."

: 그랬지.

: 처음엔 상식인 포지션이라고 생각했지.

: 지금은 자신감을 가졌다기보다 수치를 버렸지 ㅋㅋㅋ

: 슈와 쨩 모드는 아무도 예상 못 했다…….

"정말 그래. 하지만, 나는 아와 쨩도 슈와 쨩도 VTuber에 대한 사랑은 전혀 변함이 없다고 생각하거든. 그만큼 풀어져 있는데도 어쩐지 미워할 수 없고 오히려 응원하고 싶어지잖아. 그런 생각이 드는 건 아와 쨩이 진심으로 VTuber를 사랑하고 있는 걸 알게 모르게 다들 느끼고 있기 때문이라고 생각해."

: 오호.

: 전에 수익화됐을 때 진짜 울어버렸을 정도니까, 인생을 걸고 하는 거겠지.

: 아무리 술을 마셔도 본인 외에 다른 라이버를 마구 빨아 댔으니까.

: 아마 라이버에 대한 지식이라면 라이브온에서 제일 많을걸.

: 누가 뭐래도 한 번 리스너 앞에서 약속한 건 해내는 게 좋아.

리스너에게 말하는 게 조금 부끄러우니까 말은 안 하지만, 사실 나도 자신이 없어질 때가 있었다. 그럴 때도 가장 진지하게 이야기를 들어준 게 아와 쨩이었다.

내 자신감을 되찾아주겠다고 내가 좋아하는 면을 하염없이 말하기 시작하면 무심코 얼굴이 빨개질 때도 있었지…….

"아무튼, 그런 모습을 나는 계속 봤으니까 응원하고 싶어져. 아바타의 일러스트를 처음 봤을 때도 울었어. 정말로 그림 그리는 보람이 있다니까."

: 딸바보 마마 짱 죠아.

: 마시롱도 진작에 아와 짱한테 함락돼 있었군.

: 라이브온의 라이버를 모두 색시로 삼을 기세의 여자.

: 쿨데레 마시롱, 이거 못 참거든요.

"뭐…… 그러니까, 나는 물론 슈와 짱도 포함해서 아와 짱이 너무 좋다는 이야기였습니다. 지금 그녀가 즐겁게 방송하는 모습을 보고 조금 왈칵 솟아오르는 게 있단 말이지. 뭐, 술 마시면 대개 슈와 짱이 터무니없는 말을 꺼내서 기겁하지만."

: ㅋㅋㅋㅋㅋ

: 키마시타와~.

: 마지막이 없었다면 숭고한 러브 과잉 섭취로 훅 갈 뻔했다.

: 슈와슈와마시마시를 응원해! YO!

: 또한, 여기까지의 이야기가 이상하게 높은 퀄리티와 빠른 속도로 허벅지를 그리면서 했다는 사실.

"앉았을 때 허벅지의 눌리는 느낌이나 니 하이가 파고든 느낌, 못 참지."

: 오늘도 라이브온은 정상 운행이군.

제3장

롱 피트 방송

수익화 방송이 끝나고 며칠이 지나고, 마음의 여유도 생긴 지금의 나는 방송을 진심으로 즐기고 있었다.

자, 오늘은 금주일이니까 맨정신 방송 힘내자! ……라고 기합을 넣고 있는데, 갑자기 현관의 벨이 울렸다.

나한테 손님이 오는 건 드문 일이라는 슬픈 사실을 떠올리면서 문을 열자, 그곳에는 모 검은 고양이 배달원이 서 있었다. 아무래도 택배가 온 모양이다. 게다가 상당히 큼직하다.

알맹이가 전혀 상상도 안 되지만, 받은 이상 일단 개봉을 해봐야지. 주소가 들켰다는 정보는 못 들었으니까 수상한 건 아닐 거라고 생각하는데…….

"어라? 이거 혹시……."

알맹이는 예상도 못했던 물건이었지만, 동시에 흥미로운 것이었다. ……좋아. 오늘 방송은 이걸 시험해 봐야지!

"—여러분 안녕하세요? 오늘도 예쁜 담설이 내리네요."

: 안녕하세요~.

: 옷, 오늘은 청초 모드야?

: 술이 들어가진 않은 것 같은데.

: 기다렸다. ¥211

: 구혼 스타트 덱 듀얼리스트에 대한 리스펙트로, 결혼해 주지 않을래? ¥50000

"허억?! 빠, 빨간 슈퍼챗 고맙습니다! 저, 이미 색시가 잔뜩 있는데 구혼하셔도 괜찮은가요?!"

: ㅋㅋㅋㅋ

: 갑자기 허를 찔리니까 이상한 말을 하네ㅋㅋㅋ

: 청초(다처제)

"어, 어흠! 자, 오늘은 아주아주 『청초』한 아와유키입니다. 이번에는 카스텔라 답변을 한 다음에 《롱 피트》라는 피트니스 기기를 사용해서 운동할 생각입니다. 방송에서 운동이라니, 신선하네요!"

: 최애가 기뻐 보여서 참을 수가 없군 ¥2000

: 세계제일이 됐다니까.

: 그 봉 쓰는 거?

"그래요. 그거요. 요즘 광고도 하는 유명한 걸로 알고 있어요. 아무래도 라이브온 본사에서 소속 라이버 모두에게 운동 부족 해소 목적으로 보낸 것 같아요."

시험 삼아서 롱 피트를 쥐어봤다. 1m 정도의 봉 중앙에 작은 디스플레이가 붙은 형태다. 봉은 유연하게 휘는 소재인지 부러질 낌새가 없었다.

참고로 이 기기, 조사해 봤더니 내 기준으로는 상당히 가격이 비싼 물건이었다. 이걸 무료로 나눠주다니, 역시 라이브온은 통이 크다.

정중하게도 「방송에서 꼭 해보세요!」라고 적은 쪽지도 들어 있었다. 나날의 방송 내용에 고민하는 라이버에게는 이보다 더 고마울 수가 없다.

: 평범하게 부럽다.

: 나도 있는데 꽤 본격적이야. 운동의 강도 같은 것도 자기가 세세하게 고를 수 있지.

: 완전 공감. 나 같은 운동 중독뿐 아니라 초보자에게도 추천

: 최고 부하란 말을 듣고 왔습니다. ¥1000

"아, 가지고 계신 분도 꽤 많은 것 같네요. 발매했을 때 굉장히 화제가 됐던 기억도 있고, 역시 인기가 많네요. 그리고 최고 부하는 무슨 일이 있어도 안 해요."

: 강철 같은 의지로 거부ㅋㅋㅋ

: 언젠가 하는 미래가 보인다.

: 평범하게 해도 롱 피트는 힘드니까 좋은 구경을 할 수 있어!

: 그건 그렇네. 얕보고 덤볐다가 다음날 꼼짝도 못 했어.

〈마츠리야 히카리〉: 있지있지, 아와유키 쨩! 히카리도 그거 도착했으니까 방송에서 플레이해도 돼?

"아, 히카리 쨩! 그럼요! 괜찮아요! 나중에 아카이브 볼게요!"

: 진짜냐!

: 어라? 시온 마마도 오늘은 운동한다고 안 했었나?

: ㄹㅇ? 타이밍을 보면 같은 기획인 모양이네.

: 좋아, 다중 시청 준비해야지.

: 이거 비교하면 죽을 만큼 꿀잼 범벅이겠군.

"어, 그런가요? 어쩐지 불길한 말을 하는 분도 있지만, 그건, 뭐 일단 카스텔라 답변부터 할까요!"

@ 슈와 쨩은 요리할 줄 알아? 어느 정도야? @

"가난뱅이 생활을 해서 그럭저럭 자취는 할 수 있어요. 흐흥!"

: 스트제로를 조미료로 쓸 것 같다.

: 소금, 후추, 스트제로란 느낌으로.

: 좀 뜻밖인데.

: 자랑하는 게 귀엽다.

: 이것이 갭 모에인가.

"개, 갭? 그건 뭔가요~? 참고로 스트제로는 고기 요리에 쓰면 부드러워져서 참 좋아요."

: 구시렁대면서도 채팅에 대답하네ㅋㅋ

: 스트제로와 고기의 궁합은 진짜다.

: 하지만 그대로 마시고 싶은 표정 지으면서 쓸 것 같다.

: 조금 귀여워서 웃김.

"다음 갈까요!"

@ 결혼해 주세요.

아, 역시 주정뱅이는 조금……

죄송합니다…… @

"아, 그러면 저는 괜찮겠군요."

: 엥?

: 엥?

: ???

"다, 다음!"

@ (´ ω `)っ스트제로 @

"……아, 받을 수 있다면 받아둘게요~."

: 한순간에 뒤집힘ㅋㅋㅋㅋ

: 청초가 욕망에 지고 있다 ㅎㅎ

@ 카스텔라라고 생각했어? 유감! 재첩이었어! @

"재첩이 잡힌다[#22]!"

@ 슈와 쨩의 방송을 보고 스트제로(500ml)에 첫 도전을 했습니다만,

#22 재첩이 잡힌다 일본의 전직 테니스 선수인 마츠오카 슈조가 한 방송에서 섭씨 영하 10도의 호수 속에서 재첩을 캐는 도중, 추위로 인해 발음이 뭉개진 것이 인기를 끌어 각종 밈의 소재가 되었다.

그 사이즈는 너무나 커서 반 정도밖에 못 마셨어요.

다 마시지 못한 스트제로가 불완전 연소라 난처한데 어떻게 해야 할까요?@

"어머나. 그건 무리해서 마시면 안돼요! 그런데 사시는 곳이 어디쯤이신가요?"

: 야! ㅋㅋㅋ

: 머릿속이 받으러 갈 생각으로 가득 찼네ㅋㅋ

: 간접 키스를 위한 공명의 함정일 가능성이 미레존

: 잠깐 나가서 5000ml 캔 사온다.

: 너무 많잖아ㅋㅋㅋ

"좋아! 그러면, 이쯤에서 슬슬 룽 피트를 해볼까요!"

솔직히 말하자면 오랜만의 운동이라 기대된다.

"자, 처음에는 일단 설정부터 하는군요."

디스플레이를 조작하자 갖가지 입력 항목이 있는 페이지가 나왔다. 아무래도 이 기기에는 IOT가 도입되어 있는지, 여기에 입력한 정보를 토대로 적절한 운동을 표시해주는 모양이다.

참고로 이 디스플레이 화면은 PC에도 공유할 수 있어서, 시청자들에게도 보여주는 게 가능하다.

성별 등 이것저것 입력하자…….

『또래와 비교하면 당신은 평소에 얼마나 운동을 하는 편인가요?』

1 상당히 한다.

2 그럭저럭 한다.

3 별로 하지 않는다.

4 전혀 안 한다.

"스~읍……."

그렇군.

: 심호흡이 길다?ㅋㅋ

: 4

: 4잖아.

: 니트라고 했었으니까 ㅎㅎ

: 땀 흘리면 알코올 증발해 버리니까, 품질 유지를 한 거잖아. 눈치 채자.

: 인간인가 스트제로인가, 이것도 이제 알 수 없지.

"무, 무슨 말씀을 하시는 건가요? 저는 아직 탱탱하답니다? 아름다운 체형 유지를 위해서 나날이 운동하는 걸 생각하면 2가 타당하겠어요."

: 엥?

: 탱탱? 슈와슈와랑 착각한 거지?

: 거짓말이면 2는 위험해!

: 이건 솔직한 편이 좋아!

"어, 그런가요?"

: 나중에 지옥을 보고 싶다면 2를 고르시오.

: 롱 피트를 얕보면 죽는다.

: 가장 좋은 걸로 부탁하지(1 희망)

"죄송합니다, 거짓말했어요. 4로 부탁합니다. 참고로 살이 안 찐 건 정말입니다."

: 아 네 ㅋㅋㅋ

: 솔직하게 말하다니 장하다 ¥10000

: 운동에 약하다고?! 이건 센시티브 기대

: 참고로 히카리 쨩은 운동은 남들만큼 한다고 했으면서 주저 없이 1을 골랐습니다.

: 역시 기대를 배신하지 않는다.

"그리고 다음은……."

『어느 정도 강도로 피트니스를 하실 건가요?』

1 하드하게

2 적당하게

3 그럭저럭

4 가볍게

"……어떡할까요."

: 진짜 고민하기 시작했다 ㅋ

: 이건 나중에 바꿀 수 있어.

: 참고로 히카리 쨩(생략

"아, 정말인가요? 그러면 3의 그럭저럭으로 갈까요?"

『당신의 체중을 가르쳐 주세요.』

1 입력한다.

2 나중에 입력한다.

"스ㅇㅇㅇㅇㅇㅇㅇ읍……."

그러고 보니 이런 거 있었지.

: 박력 있는 심호흡

: ㅋㅋㅋㅋ

: 자, 어서! ¥2000

: 설정하는 것만 봐도 재미있는 여자.

"그러니까~."

달칵! 달칵! 타칵타칵타칵!

"49kg이네요!"

: 응? ㅋㅋ

: 지금 컴퓨터 만지는 소리 뭐냐 ㅎㅎ

: 농담은 관둬!

: 이거 가벼운 건가?

: 키가 165cm라서 크니까 꽤 가벼운 편이지.

: 야! 49kg에 키가 165cm면 모델 체형이잖아!

: 겁나 웃겨ㅋㅋ

: 슈와 쨩이라면 스트제로의 무게를 재러 갔어.

: ㄹㅇㅋㅋ

"아하하, 아무리 그래도 농담이죠! 체중은 나중에 입력할게요."

: 전통 개그인 체중 폭로의 전조인가?

: 체중이 들킬 것 같은 라이버 랭킹, 당당하게 1위

: 참고로 모 1기생은 태양의 무게인 1.989×10의 30제곱 킬로그램으로 가려고 했는데 무리였던 것 같다.

: 그건 대체 머리가 좋은 거냐, 아니면 나쁜 거냐…….

그리고 다음은…….

『다음은 본체를 당신의 힘에 맞추어 조정합니다.』

오, 드디어 롱 피트다운 게 왔다!

아무래도 상한선 100의 수치를 기준으로, 측정된 수치로 대략적인 강도를 정해서 봉을 굽히는 등 운동을 하는 모양이다.

『있는 힘껏 휘어 보세요.』

"합니다! 흐응!"

『50』

"오, 이 정도는 어떤가요?!"

: 허접캐릭터 자폭선언은 그만 하세요ㅋㅋㅋ

: 응, 알았어.

: 괜찮아? 스트제로의 힘 빌릴래?

"엥? 잘 봐라, 우랴아!!"

『63』

: 오, 늘었다!

: 목소리가…….

: 도발 내성 0

: 청초를 버리고 힘을 택한 여자

: 멋지다(사고 정지)

어, 어쩐지 설정만 했는데도 엄청 지쳤다. 그래도 드디어 이걸로 게임 본편을 플레이할 수 있겠어…….

: 자, 비교 시청 시작한다!

: 나도!

채팅창을 보니 비교 시청을 시작한 리스너가 상당히 많아 보인다. 좋아! 운동 신경과 스트리머, 이중적인 의미로 두 사람에게 지지 않도록 힘내야지!!

『굽힌 채 유지해 주세요.』

【카미나리 시온의 경우】

"으응! 우우, 하아, 하아, 이, 이거 꽤 단단해애……."

: 엣!

: 개꿀 ¥30000

: 밤의 운동

: 화면을 안 보면 섹드립으로 들린다ㅋㅋ

【마츠리야 히카리의 경우(최고 부하)】

"으윽! 후후, 이거 상당히 힘든길. 명백하게 지금 내 실력에 걸맞지 않은 커다란 벽이야. 그렇지만 이 벽을 부수는 게 바로 나! 파괴야말로 인생! 인생은 굵게 사는 거야. 그렇지?"

: 얜 무슨 말을 하는 거냐ㅋㅋㅋ

: 소년 만화임?

: 대체 누구한테 말하고 있는 걸까…….

: 본인이 즐거워 보이니까 됐어! ¥1000

: 그 커다란 벽은 기기 설정을 써서 스스로 세운 거야.

: 겁나 웃기네ㅋㅋ

【코코로네 아와유키의 경우】

"어, 소문으로 듣기는 했지만 이거 너무 힘들지 않아?! 앗, 크으으으, 하아, 하아………… 구와악!!"

: 야ㅋㅋ

: 도중까지는 야시시했었는데…….

: 마지막 목소리는 완전히 체대생의 함성

: 정말 운동 엄청 못하는구만 ㅋ

: 진짜로 토하지 않을 만큼만 해!

『스쿼트』

【카미나리 시온의 경우】

“아, 아앙! 스쿼트는 싫어! 엇, 꼭 해야 하는 거야? 이럴 수가…… 우우우……. 앗. 으응으……앗.”

: 이건 S들이 환희할 장면

: 완전 신음이라 꼴림

:〈우츠키 세이〉 ¥50000

: 왓?! 섹세이 님?!

: 이 상황에서 무언 슈퍼챗은 의미심장하니까 그만둬 ㅋㅋㅋ

【마츠리야 히카리의 경우(최고 부하)】

“하하하! 좋은데! 싸움 속에서 사람은 자신 안에 있는 투쟁 본능이 되살아난다!”

: 어째서 이런 고행을 웃으면서 견딜 수 있지…….

: 이제 끝장이다. 건○에 나오는 전투광 강화 인간으로 보이기 시작했어.

: 게임에 진심인 자세, 취향적중

: 너무 진심이라 눈이 충혈됐을 것 같은데요.

【코코로네 아와유키의 경우】

“부가아아아아아아아아아아이!!!! 흐ㄴㅇㅇㅇ응!! 흐ㅂㅇ

우츠키 세이
¥50,000

으응!!(박력)”

: **시끄러워어어어!!**

: **어라? 방송이 갑자기 안 들리는데?**

: **네 고막이 터진 거야**

: **청초…….**

: **아, 잠깐 기다리래이(에도 출신)! 비명 지르는 것뿐이니까 일말의 희망이……!**

『플랭크』

【카미나리 시온의 경우】

“아아아아아아앗, 더 이상은 안돼! 어서! 어서 끝내줘어어!”

: **으읏!**

: **후우—.**

〈우츠키 세이〉: 자, 은하의 탄생에 대해서 생각해 보자.

: **야ㅋㅋㅋ**

: **현자 모드 실화냐고ㅋㅋ**

【마츠리야 히카리의 경우(최고 부하)】

"목숨은 내던지는 것[#23]. 간다."

: 역시 위험해.

: 토○냐?

: 나깃 던지기!

: 이걸 주마. 고통을 견디지 못하게 되면 마시도록 해라(스트제로)

: 어, 그건 무슨……(기겁)

【코코로네 아와유키의 경우】

"오, 오호~! 응기잇! 아아아! 끄우, 끄우, 아, 아히이!"

: 완전히 엉망진창이네.

: 이게 소문으로 들은 물의 호흡인가요?

: 0의 호흡이겠지.

: 누키게[#24]인가?

: 아와 쨩, 여전히 붕괴돼서 완전 웃김

"하아, 하아, 이제 더는 못해……."

#23 목숨은 내던지는 것 만화 「북두의 권」에서 「토키」가 「켄시로」에게 한 대사로, 원래는 「목숨은 내던지는 것이 아니다!」이다. 그러나 PS2의 격투게임 「북두의 권」에서 토키의 승리 대사로 나올 때, 뒷부분이 자주 스킵되어 「목숨은 내던지는 것」이라는 대사로 인기를 끌게 되었다.

#24 누키게 성인게임의 장르. 스토리 등 다른 요소는 모두 포기하고, 오로지 야한 면을 강조해 주로 성욕해소를 위해 쓰이는 게임이다.

이후 체력이 한계에 달한 참에 방송을 끝냈는데, 아직도 땀투성이에 호흡도 흐트러져버렸다.

상상을 훨씬 넘어서는 하드한 운동에 어째서 이렇게 힘든 거냐고 불평을 하고 싶어지지만, 피트니스 기구로서는 이게 정답이겠지. 그리고 오랜만에 땀을 흘렸더니 기분이 나쁘지는 않았다.

다들 가끔은 헬스에 빠져보자!

그리고 다음날 아침— 근육통으로 일어나지 못하는 내가 있었다.

애니카 방송

"어서오세요~!"

어느 날 오후, 나는 게임샵 GAO에서 눈빛이 반짝거리는 아이들 사이에 섞여 게임 소프트를 보고 있었다.

이유는 물론 게임을 사기 위해서. 그러나 요 앞의 항아리 할멈하고는 전혀 다른 규모의 게임을 살 거다.

수익화가 통과되어서 드디어 생활에 여유가 생기기 시작했으니, 조금 비싼 게임을 실황 방송할 생각으로 GAO에 발길을 옮겨본 것이다.

그건 그렇고, 게임샵에 오는 게 얼마만이지? 최신 게임을 하고 싶어도 돈이 없거나 바빠서 어느샌가 멀어져 버렸다.

가게 안을 가볍게 산책하기만 해도 동심이 되살아나 기분이 들뜬다. 이대로 살 타이틀을 고민하는 것도 나쁘지 않지만, 오늘은 살 게임을 정해두었다.

나는 찾고 있던 게임을 손에 집고, 기분 좋게 빠른 걸음으로 계산대에 갔다—.

"푸슉! 꿀꺽꿀꺽꿀꺽! 우오오오오옷쌰~! 가솔린 보급 완료한 슈와 쨩이드아~!"

"네. 이로도리 마시로, 마시롱입니다. 오늘은 슈와 쨩이랑 애니멀 카트를 하려고 합니다."

애니멀 카트. 통칭 애니카는 옛날부터 지금까지 꾸준히 시리즈가 이어지고 있는 세계적인 인기 레이스 게임이다. 이번에 하는 것도 정식 타이틀은 애니멀 카트 8SE다.

게임 내용은 갖가지 귀여운 동물 캐릭터들이 아이템 등등을 구사하면서 1위부터 12위까지의 순위를 경쟁하는 방식이다.

그립네~. 나도 친구 집에서 구작을 자주 플레이한 기억이 있다.

: 푸슉! ¥211

: 입을 열자마자 이 정도로 개꿀잼인 건 처음임ㅋㅋㅋ ¥211

: 입으로 낸 소리…… 맞냐?

: 깜짝 놀랐네. 정말로 자동차 엔진 소리인줄 알았음.

: 땅이 흔들릴 법한 묵직한 저음ㅋㅋ

: 레이스에서 이기는 비결이란, 슈와 쨩 자신이 카트가 되는 것이다.

: 연료 보급(스트제로)

: 복근 파열 내구 방송이란 말을 듣고 왔습니다.

: 떴다아아아아아!

: 명작 게임이 드디어 왔습니다. 이런 아저씨도 어린 시절에 친구랑 열심히 플레이했습니다.

: 친구가 없으니까 옛날에도 지금도 계속 혼자서 했어요.

: 눈물 닦아라.

"카스텔라 답변한 다음에 폭주할 거니까 잘 부탁해!"

"폭주 선언을 했으면 계획범이네. 참고로 슈와 쨩은 면허 있어?"

"없어!"

"그러면 게임이라지만 일단 무면허 음주 운전이네. 방송이 끝날 무렵에는 얼마나 죄가 거듭되는 걸까?"

"내 죄를 말해봐라."

: 스스로 죄를 알려 가는 거냐……(당황)

: 과거의 방송을 보면 몇 초에 한 번 죄를 범할 것 같은걸.

: 역시 슈와 쨩! 우리들이 할 수 없는 일을 태연하게 해버려!

: 그 점에 전율은 하지만 동경은 안 한다! ¥1000

: ㅋㅋㅋㅋ

“물론 실제 운전에서는 절대 하면 안 돼! 절대로 안 돼!”

“규칙으로 안 되는 건 안 되는 거니까.”

: 네~에!

: 오, 그렇지.

: 당연한 거지이?

: 그럼(편승).

: 보고 싶다면 보여주마(면허증)

“좋아. 다들 착하네! 그러면 카스텔라 간드아~!”

@ 스트제로랑 결혼하면 스트롱 아와유키가 되는 거야? 아니면 스트제로가 코코로네 제로가 되는 거야? @

“스트롱 후부키가 됩니다.”

“성도 이름도 바뀌는 건 뭐야?(웃음)”

“근데 코코로네 제로란 이름, 멋지네! 뭔가 울림이 강해 보여!”

“사고 정지 그만두고 차분하게 생각해봐. 코코로네(心音)는 심박음이니까 제로라면 평범하게 죽은 거야.”

@ 무슨 페티시야? @

“여자애 페티시입니다.”

“이게 젠마시마시[#25]란 거구나.”

#25 젠마시마시 일본 라멘의 모든 토핑을 늘려달라는 젠마시보다 토핑의 양을 한 단계 더 늘려달라는 용어. 면과 국물이 안 보일 정도로 토핑이 수북하게 쌓인다.

"마시롱이니까!"

"헐……."

"에이! 그렇게 냉담한 목소리를 들으면 흥분되잖아! 한 발 뽑고 싶어진다고!"

"오, 행동으로 옮기기 전에 자제했구나. 장하네(체념)."

"한 발 뽑아도 되는 건, 뽑힐 각오가 있는 녀석뿐이다."

"그거 그냥 말해보고 싶었을 뿐이지? 근데, 각오 없어?"

"있어! 그렇지만…… 과연 나로 칠 수 있을까—?"

"자, 다음 가자~."

: 여기 리스너들에겐 당연해졌지만 스트제로랑 결혼이라는 거 엄청난 파워 워드 아님?

: 심박음 제로는 모 게임으로 트라우마가 생겼으니까 NG

: 마시롱의 S보이스 죠아 ¥500

: 마시롱이랑 슈와 쨩의 S 매도 보이스! 발매 결정!

: 아, 죄송합니다. 키노시타인데요~. 한쪽만 음소거 할 수 없나요?

: 슈와 쨩으로 한 발 뽑는 건 왠지 지는 기분이 드니까 무리라고 아들이 말한다.

: 나 정도 상급자라면 오히려 슈와 쨩 정도 아니면 못 친다.

: 스트제로 중독인 사람에 중독이라면 완전 글러먹은 거잖아.

@ 스트제로 님에게 부탁입니다.

캔 따는 소리「꿀꺽, 꿀꺽, 꿀꺽! 으응기이분죽인다아아아아!!」

60분 반복재생 영상 만들어도 될까요?

사실은 이미 만들었습니다.

만들고서 만족했습니다만, 아무리 그래도 혼날 것 같아서 올리진 않았어요.

인정해주실 수 있을까요? @

"좋다. 더 해라."

"이 세상에서 가장 비참한 60분이 될 것 같네."

@ 롱 피트 하고 있는데요, 옛날에 운동 같은 거 하셨나요? 그리고 수분 보급용 스트제로도 필요해요? @

"중학교 때 가볍게 배구 같은 걸 해본 정도네요. 아, 레몬맛으로 부탁드려요."

"운동 후에 스트제로는 위험하네. 구토식 피트니스가 될 것 같아. 참고로 동아리 활동은 어떤 느낌이었어?"

"여자애들뿐이라 천국이었어!"

"음~. 나는 배구의 감상을 물어본 거였는데."

@ 저는 샘의 요정입니다. 당신이 떨어뜨린 것은 이【청초한 아와유키】인가요? 아니면【스트제로 500ml×24개 세트】인가요?@

"스트제로 500ml×24개 세트의 24상자 세트입니다."

"하다못해, 하다못해 욕심을 부릴 거면 양쪽이라고 해줘!"

"청초한 아와유키는 아와 쨩이 가지고 있으니까 괜찮아! 슈와 쨩은 하염없이 슈와슈와슈와하고 싶다구!"

"편리한 설정이네."

"그치!"

"칭찬 아냐."

: 스트제로 빨기 보이스 60분은 머리가 이상해진다고…….

: 귀로 빠는 스트제로란 소리가 나오겠지.

: 스트제로 올인에 폭소했다 ¥2000

: 여중딩 시절부터 이미 늦었군…….

: 마시롱의 담담한 태클과 슈와 쨩의 난동에 갭이 있어서 꿀잼이다ㅋㅋㅋ

"네. 그러면 카스텔라는 이 정도로 하고 게임을 시작할까요? 지금부터 온라인 방의 번호를 표시할 테니까 함께 레이스를 플레이하고 싶은 리스너는 꼭 와주세요."

"어머나, 마시롱! 함께 레즈비언 플레이를 하고 싶은 사람은 오라니, 상스러워!"

"리스너 중에 이비인후과 의사는 혹시 안 계신가요?"

: 이비인후과 의사입니다. 레즈비언 플레이 희망합니다 ¥3000

: 자칭 이비인후과 의사 형씨는 남의 귀를 봐주기 전에 자기 귀부터 검사해라, 오버.

: 죽을 각오로 참가한다.

: 경쟁률이 어마어마하겠네.

: 상스럽다는 거 특대 부메랑ㅋㅋㅋ

"이번에는 접대 같은 거 전혀 없이, 진심 플레이로 부탁해."

"어머나, 마시롱! 여자애끼리 진심(의미심장) 플레이. 다시 말해서 ㅇ타나리 플레이라는 거구나 부디 부탁드립—"

"룰은 150cc고, 아이템은 보통이야."

"발언이 가로막혔어! 분해……! 하지만 움찔움찔 느껴버려."

"네. 이 주정뱅이는 M이니까 보이는 족족 가차 없이 공격하세요."

"그랑간거짓마리아!"

: 평소보다 넉넉하게 슈와슈와하고 있사옵니다.

: 덩말로배딩한검니카[#26]!

: 이번 방송은 대체 몇 번 클립이 따일까?

: 마시롱은 전에도 방송했으니까 애니카를 어느 정도 한다는 건 아는데, 슈와 쨩은 어때?

: 플레이 환경조차 갖춘 게 최근이니까 초보자겠지.

"으음! 확실히 이제 막 시작했지만, 코스나 조작법은 예습을 엄청 했으니까 괜찮아!"

"아까 물어봤더니 방송 전에 8시간 했다고 해요. 애도 참."

: 예습이 지나쳐~!

: 히카리 쨩이냐?

〈마츠리야 히카리〉: 드디어 내구의 멋짐을 깨달아줬구나!

#26 그랑간거짓마리아 / 덩말로배딩한검니카 드라마 「가면라이더 블레이드」에서 비롯된 밈. 시리즈 동안 배우들의 발음이 많이 뭉개지면서 일명 「온두루어」라는 별명이 붙었다. 위 대사는 「그런 건 거짓말이야」, 「정말로 배신한 겁니까」이다.

: 본인 있는 거냐고ㅋㅋㅋ

: 내구나 고행 이야기가 나오면 네코마 급의 속도로 찾아 오는구나ㅋㅋㅋ

“이야, 오랜만에 해봤는데 역시 초명작. 엄청 빠져버렸어!”

“뭐, 이해는 하지만 말이야. 그러면 캐릭터랑 카트는 어떡할까?”

“나는 코끼리로 해야지. 거근이고.”

“슈와 짱, 그건 생식기 아냐. 코야.”

“그리고 야하니까.”

“어? 대체 그 코끼리의 어디에서 에로스를 느낀 거야?”

“무슨 말이야, 마시롱? 이 모습은 어딜 봐도 외설적이잖아.”

“응……? 뭐, 됐어. 나는 기린으로 해야지.”

“기린이라니, 이것 참 야한 걸 골랐네요.”

“있지, 혹시 아까부터 동물은 알몸이라고 이러는 거야? 슈와 짱은 동물원을 세이○토 같은 거라고 생각하는 거야?”

“잘 알잖아! 마시롱도 나한테 한 걸음 가까워졌네!”

“이런 불명예가 또 있을까.”

: 야 지금 터무니없는 이름 나왔는데?!

: 세이○토란 게 뭐야?

: 자유와 해방이 테마인 남쪽 나라의 낙원입니다!

: 호오, 엄청 근대적이군.

: 꿈의 나라가 아닌 성(性)의 나라.

: 세이 님의 나라인가?

: 수라의 나라겠지.

: ㅋㅋㅋ

: 머리가 아니라 아랫도리로 캐릭터를 정하고 있네ㅋ

: 세상 모든 것을 에로스와 직결시킬 것 같다.

: 남자 중학생인가?

: 기린은 스타일이 좋고 등신 비율이 높으니까. 야하다고 느끼는 건 어쩔 수 없지.

: 등신 비율이 높은 정도를 넘어 캡틴 ㅇ바사 급인데요.

: 마시롱, 아직 레이스 시작조차 안 했는데 엄청 태클 걸고 있어ㅋㅋ

"좋아. 그러면 코스를 정하자! 뭐가 나올까♪ 뭐가 나올까♪"

"미끈미끈 슬라이더, 이름 그대로 바닥이 미끄러지기 쉬운 코스네."

"미끈미끈납작평평도 좋아합니다."

"안 물어봤어요."

"마시롱도 미끈납작이잖아."

"자연스럽게 실례되는 말을. 뭐, 부정은 안 하지만."

"괜찮아! 빈유는 스테이터스! 희소가치야!"

"평범하게 안 기뻐."

: 빈유는 레알 좋아.

: 그 맘 알지.

: 마시롱도 좋아.

: 공감.

: 빈유인 거 신경 쓰는 마시롱 좋아

: 지극히 공감 ¥50000

: 너희들 ㅋㅋㅋ

"자, 꽁트는 이쯤 하고, 레이스 시작이야."

"그건 그렇고 땅바닥이 전부 미끌미끌하다니. 여기서 소○ 플레이를 하라고 하는 거나 마찬가지야."

"게임 회사한테 혼나니까 그만하세요.

빰 빠라바바빠빰 빰빠밤~ 하는 경쾌하고 싼 티 나는 BGM과 함께 시작되는 레이스. 이 게임 시리즈의 정석이다.

"뭐……라고……? 출발 포지션이 최하위잖아?!"

"레이스 시작되기 전부터 불평하는 사람 처음 봤어."

"으랏차~! 그러면 스타트 대쉬 간드아~!"

"드아~."

일제히 출발하는 카트들. 최하위 스타트라지만 스타트 대쉬가 좋았는지, 8위 스타트였던 마시롱을 추월해서 중위권에 올라갔다.

"후하하하핫! 봤냐, 마시롱! 내가 마시롱보다도 가스가 셌던 모양이네!"

"스타트 대쉬를 가스라고 하는 건 관두지 않을래? 앞으로 틀림없이 슈와 짱보고 방귀가 커다란 사람이라고 놀릴걸?"

: ㅋㅋㅋ

: 자기 무덤을 파는군.

: 허어?(위압)

: VTuber라고 생각할 수 없는 지저분한 대화ㅋㅋㅋ

: 지옥의 개그 레이스 시작이다!

자, 레이스가 시작되어 드디어 이 게임 최대의 특징이기도 한 최초의 아이템 박스 지점까지 왔다.

물건에 따라 아이템 하나로 순위가 엄청나게 변해 버리는 게임이다. 1위와 거리가 멀면 멀수록 강력한 아이템이 나온다. 아직 중위권에 있으니까 가능하면 가속 아이템으로 상위에 가고 싶다.

방송 전에 플레이해본 감상으로, 이 게임은 중간 등수의 밀집 지대가 가장 위험한 것 같았다. 다양한 아이템을 뿌리기 때문에 피격당할 확률이 상당히 높다.

여담인데, 애니카도 그렇지만 좀처럼 끊기 어려운 게임은 어느 정도 운의 요소를 탑재한 경우가 많단 말이지.

코스에 따라서는 일부러 하위를 유지하여 강력한 아이템을 입수한 뒤, 마지막의 마지막에 치고 나가는 게 유효한 코스도 있다고 한다. 아무리 그래도 그런 자세한 지식은 아직 부족하다.

그러니까 노리는 건, 상위로 치고 나가서 도주!

그러나 나온 아이템은 직선상으로 날아가 폭발하는 공격 아이템인 녹색 미사일. 참고로 빨간 미사일도 있는데 그건 앞을 달리는 카트를 철저하게 추적한다.

"으~음. 녹색 미사일은 무인기구나. 미묘."

"그렇게 말하면 빨간 미사일에는 파일럿이 타고 있다는 걸로 들리니까 그러지 마. 쓸 수가 없잖아."

: 말투ㅋㅋㅋ

: 마시롱, 상냥해.

: 정말로 어째서 빨간 미사일은 저렇게 추적을 하는 거지?

: 파일럿이 굉장한 거야. QED 증명완료.

: 허접캐릭터 자폭선언 그만해라 좀ㅋㅋㅋ

"아앗!"

아아~. 역시 앞사람의 아이템에 당해서 최하위 부근까지 떨어져 버렸다.

"먼저 실례합니다~."

마시롱은 가속 아이템인 바나나를 써서 상위권으로 나선 모양이다. 으으음!

이 코스는 굉장히 바닥이 미끄럽지만, 조작 자체는 드리프트도 구사하면서 잘 할 수 있으니까 그렇게까지 문제는 아니다. 아직이야! 이제부터야!

그러나 함께 플레이하는 리스너도 상당한 실력자인가 보다. 처음 이후 피격당하는 일 없이 열심히 달리고 있는데도 좀처럼 순위가 올라가질 않은 채 다음 아이템 박스로—.

나온 것은…… 일정 시간 동안 스피드 업 & 무적이 되는 다이아다!

좋았어. 이걸로 두 바퀴째는 중간 순위로 통과!

거기다 다음 아이템은 가속 3회의 트리플 바나나! 이거면 치고 나갈 수 있어!

"호로○이라도 사용 방법에 따라 치고 나갈 수 있어! 아이템의 성능 차이가, 주행력의 결정적인 차이가 아니란 것을 가르쳐주마!"

"적어도 내가 아는 한 이 게임의 아이템에 술은 없었을 텐데."

: 호로○이ㅋㅋㅋ

: 아, 도수가 3%니까 트리플 버섯이냐ㅎㅎ

"아, 위험해! 완전히 못 꺾겠어. 떨어진다, 떨어진다!"

"어, 마시롱 떨어졌어?! 그렇다면 마시롱이 로션투성이로 질척질척하다는 뜻?!"

"우연히 지나가던 코뿔소가 방패가 돼서 대신 떨어졌으니까 괜찮아요."

"미안하데이, 코뿔소. 내는 니를 때려야만 해. 안 그럼 내 기분이 안 풀린데이[#27]."

#27 미안하데이, 코뿔소. 내는 니를 때려야만 해. 안 그럼 내 기분이 안 풀린데이 애니메이션 「신세기 에반게리온」에서 관서 지방 사투리를 사용하는 「스즈하라 토우지」가 내뱉은 대사의 패러디. 에반게리온과 사도의 전투로 자신의 여동생이 다친 것에 분노해, 같은 반의 전학생 「이카리 신지」를 때릴 때 외쳤다.

: (코뿔소) ?!

: 떨어진 데다가 펀치까지 맞는 코뿔소, 불쌍해

: 에○ 본편마저도 귀엽게 보이는 부조리한 이유라 겁나 웃김

: 기분이 안 풀린데이(성욕이)

그러다 드디어 마지막 세 바퀴째! 이대로 도망쳐주겠어!

흐름을 탔으니까 여기 있는 지름길도 타주마~!

"허어? 야, 지금 내 지름길을 아이템으로 막은 녀석 밖으로 나와. 엉망진창으로—."

"아, 그거 나야. 눈앞에 있길래 저질렀어."

"때려주는 건 가여우니까 질척질척하게 해줄게구웨헤헤헤헤헤."

"때려주는 게 그나마 낫겠네."

"오? 마시롱 M설이?"

"먼저 실례~."

"무시당했어……. M설이 나오는 건 나였구나! 움찔움찔!"

: 이 건 좀 심 했 다

: 사이좋은 마시롱이 상대라면 슈와 쨩은 평소 이상으로 약 한 사발 들이키는구만.

: 다른 라이버가 말하면 번뜩임 확정인 대사도 어머나, 신기해라! 슈와 쨩이 말하면 폭소 안건!

: 라이브온의 개그맨

: 거의 개그맨인 셈이지…….

: ㅋㅋㅋ

그런데, 장난치고 있을 때가 아니야! 이제 레이스도 종점 부근인데 최하위 직전이다.

마지막 아이템 박스, 부탁해! 뭔가 역전의 한 수를!

이, 이건!!

"부모의 얼굴보다도 많이 본 파워풀 바나나 씨가 아닌가요!"

일정 시간 계속 바나나의 가속 효과를 얻을 수 있는 이 녀석이 있으면 아직 찬스가 있어!

게다가 이 코스는 골 앞에 지름길이 있다! 조금 어렵지만 가속한 상태로 성공하면 상위도 가능해!

으랏차아! 자 간드아~!

"부모의 파워풀 바나나를 더 봐줘."

"어엇, 잠깐 마시롱. 그거 꽤 섹드립……."

"어……? 앗……///"

"아, 위험해애?!"

: 동요해서 지름길 실패하고 떨어졌다ㅋㅋㅋ

: 귀여워! ¥10000

: 마시롱 귀엽다 야호~! ¥10000

: 번뜩였다

: 해냈다 ¥3000

: 잘했다, 슈와 쨩 ¥2110

: 슈와 쨩도 섹드립 연발하는데도 마시롱과 채팅 반응이 너무 달라서 완전 웃겨ㅋㅋ

"9위……."

"후, 후후훗! 모든 것은 3위로 골한 나의 계획대로!"

"거짓말 마!"

그치만, 보기 드물게 진심으로 부끄러워하는 마시롱을 봤으니까 실질적으로 1위야! 해냈다!

그러고 나서도 상당한 횟수의 레이스를 거듭했다.

첫 레이스가 그랬으니까 조금 걱정하기도 했는데, 두 번째 레이스 이후로는 연습의 성과가 나와서 꽤 만족스럽게 자주 상위를 따냈다.

시간을 봐서 다음 레이스가 마지막이 될 것 같다.

이야. 그건 그렇고, 이 게임 정말로 재밌네. 리스너의 반응도 좋고 개인적으로도 빠졌으니까 다음에 또 방송 기회를 마련해야지.

게임의 특징으로 언제나 움직임이 있고, 자연스럽게 리액션을 할 수 있으니까 보는 쪽도 즐거우며 플레이하는 쪽도 즐겁다. 참을 수가 없군.

"다 함께 애니카를 빨자!"

"갑자기 왜 그래? 벌써 온갖 말을 해댔으니까 이제와서 아양 떨어도 늦었을걸? 그리고 슈와 쨩, 의외로 잘 하네. 그럭저럭 경험자인 나랑 비슷해서 놀랐어."

"돈이 없어서 못 샀을 때도 계속 라이버의 실황을 보면서, 스마트폰을 컨트롤러 삼아 가상 플레이를 해봤거든! 나는 실질적으로 경험자야!"

"다음에 라이버들이랑 다 함께 대회 열자."

"어라? 이상하네? 평소보다 목소리가 상냥한데? 헉! 이건 설마 찬스 아냐? 다음에 나랑 같이 S○X하자!"

"다음 코스는 어딜까?

"어째서야!"

"슈와 쨩, 사실은 개그맨 노리고 있는 건 아니지?"

: 열심히 살라고 말한 거YA! ¥1000

: 성모 마시롱 죠아 ¥3000

: 라이버 대집합 대회 기대

: 히카리 쨩이 대회인데도 한 바퀴 늦게 출발해서 1위 할 때까지 끝나지 않는 제약을 시작하지 않을지 걱정된다.

: 추켜 올렸다가 벼랑으로 떠미는 천재

"오, 코스 정해졌다!"

"레인보우 갤럭시네. 마지막으로 딱 좋아."

으엑. 아무래도 게임에서 손꼽히는 난코스가 와버린 모양이다.

우주 공간 같은 곳에 만들어진 무지개의 길을 달리는 환상적인 코스지만, 아무래도 낙하하기 쉬운 데다가 커브도 급해서 어렵다.

익숙해지면 재미있겠지만 아직 경험이 부족하니까 불안하네에.

그런 생각을 하는 사이에도 당연히 시간은 기다려주지 않는다. 카트가 진열되고, 레이스의 시작을 알리는 의문의 BGM이 흐르기 시작했다.

이제 불안에 떨어도 어쩔 수 없다! 이렇게 되면 다른 생각을 하면서 기분을 전환하자!

"내 옆에 있는 사자 말이야. 갈기를 얼굴 주변에 대량으로 음모가 났다고 생각하면 엄청 재밌지 않아?"

"인생 즐거워 보이네."

: 차 마시다 뿜었다.

: 갑자기 뭔ㅋㅋㅋ ¥500

: 숨어 있는 털이니까 음모라고 하는 건데요…….

: 머릿속이 대체 어떻게 되면 저걸 음모라고 생각할 수 있는 것인가. 도저히 모르겠다.

: 채팅창이 음모 일색이 되는 VTuber라는 것부터 이해가 안 된다.

"그럼 간드아~!"

"드아~."

으음~. 스타트 대쉬는 잘 했지만, 커브에 신경을 너무

썼나 보다. 4위 스타트에서 순위가 조금 하강하는 낌새다. 거기다 이 커브는 떨어지기도 쉬워…….

아, 예상대로 마시롱에게 밀려서 코스 아웃했다. 복귀 담당인 올빼미가 없었다면 즉사였어.

"그렇구나, 마시롱. 너는 그런 사람이었네. 좋아, 그러면 전라다."

"전쟁이 아니구나."

"알몸의 교제를 진심으로 희망한다."

"히카리 쨩이었다면 전혀 상관없었는데."

"왜 나는 안 되는데?!"

"신변의 위험이 느껴지니까."

"그럴 수가…… 하지만 알몸으로 꽁냥거리는 두 사람을 보는 것도 좋을지 몰라! 이것이 NTR이란 거구나!"

"그렇게 말하면 내가 슈와 쨩이랑 잔 것 같이 들리니까 하지 마."

"재송함다쏘리."

"하다못해 아와 쨩이었다면 목욕은 같이 할 텐데 말이야."

"뭣?!"

"아, 또 떨어졌다~."

"어, 언질은 받았어!!"

"그래그래. 기회가 있으면."

: 레알? 레알루? 찐? ¥12000

: 풀썩(존귀사) ¥2000

: 응? 지금 알몸의 교재라고 했었지?

: 뭐, 발음은 그랬지. 일본어 편리하구만.

: 소악마 마시롱 졸귀의 화신 ¥1000

: 정신 공격에 약해빠진 슈와 쨩도 졸귀 ¥1000

“아, 누군가 뒤에서 찔렀어.”

“뒤에서 찌일러어?!?!”

“우와. 깜짝이야. 갑자기 야수 같은 소리를 내다니 무슨 일이야? 나 뒤에 있는 카트에 밀린 것뿐인데?”

“미안. 갑자기 마시롱이 백 플레이 이야기를 시작해서.”

“아무도 그런 얘기 안 했어. 이상한 말꼬리 잡지 말고.”

“아니, 기린은 수컷끼리 암컷을 두고 싸우기도 하는데, 싸움의 흥분을 성욕의 흥분으로 착각해서 수컷끼리 교미를 해버리는 일이 자주 있대. 마시롱도 기린을 조작하고 있으니까 뜨거운 레이스 속에서 나한테 성적으로 흥분을 해버린 걸지도.”

“왜 그런 성에 관해서만 쓸데없는 지식이 많아 슈와 쨩? 그리고 애당초 나 암컷이야.”

“스, 스스로 암컷 발언을 하다니…… 역시 유혹하는 거지?!”

“레이스 게임이니까 차의 액셀은 밟아도 되지만, 성욕의 브레이크는 걸어두자.”

크! 게임에 돌아온 건 좋지만 아까 현혹당해서 낙하한

탓에 두 바퀴째에 들어왔는데 최하위 부근이다. 이건 꽤 위험해졌는데…….

“야 올빼미. 나를 지금 당장 골 앞으로 옮겨라. 스트제로 줄 테니까.”

“당당하게 부정을 저지르지마. 그리고 그걸로 낚이는 건 슈와 짱뿐이야.”

이걸 타개하려면 커다란 한 수가 필요하네…….

그렇지! 이 코스에는 종반 부근에 아이템 없이 갈 수 있는 지름길이 있었어!

동영상으로 본 것뿐이고 연습에서 시험해 본 일이 없으니까 처음이지만, 안 하면 하위가 거의 확정이다.

어차피 배수의 진이니까 가버리자!

“이니○D를 보고 단련한 드라이빙 테크닉을 보여주겠어!”

“보기만 하고 실제로 운전을 안 했다니, 애교네.”

“토우! 하아~!”

“아, 추월당했다.”

해냈다 야호! 성공했어, 다들!

: 오오!

: 좋은데!

: 상위 가나?!

: 짝짝짝짝

결국엔 기세를 몰아서 내가 3위, 마시롱이 4위로 레이스는 종료됐다. 이걸로 방송도 끝이다.

좋~았어! 다음 방송까지 더 열심히 해서, 멋진 플레이를 보여줘서 모두 놀라게 해주겠드아~!

"수고했어~ 슈와 쨩. 방송 제대로 껐어?"

"수고했어~! 그 사건 이후로 그거 하나는 확실히 체크하니까 괜찮아.

"지금은 그 사건으로 라이버 모두에게 통하는 게 완전 웃겨. 앗, 마지막으로 보고할 거 있는데. 라이브온의 라이버 전체가 노래 동영상 하나 만든다는 얘기는 들었어?"

"응. 매니저한테 들었어!"

"그렇구나. 그거 말이야. 이제 곧 기획이 본격적으로 움직일 모양이야."

"진짜로?!"

"그 반응을 보니까 못 들었나 보네. 아마 얼마 안 있어서 소식이 올 거야."

위험하네. 너무 기대돼서 잠들지 못하는 나날이 이어지지 않도록 조심해야지…….

모두의 방송을 보러 가자

"그러면, 오늘은 방송에서 뭘 해볼까."

나는 기본적으로 밤에 방송을 하니까, 아침과 낮 시간을 써서 방송 소재 선정과 썸네일 만들기를 하는 게 루틴이다. 지금도 점심을 먹은 다음에 차를 마시면서 방송 소재를 생각하는 중이다. 스트리머라고 해도 방송을 안 할 때는 한가한 게 아니라고!

으음……. 최근에 오프 콜라보를 하거나 게임을 하는 등 꽤 화려한 방송이 많았으니까, 조금 느슨한 느낌이 좋을까?

그렇지! 솔직히 요즘 바빠지면서 개인적인 최애의 방송 시청이 조금 허술해졌으니까, 그걸 활용해보자!

"착한 아이 여러분~!! 안녀엉~! 스트제로 언니 슈와 쨩이야!"

: 왔구나, 왔어!

: 안녀~엉!

: 아, 이건 취했구만(확신)

: 처음부터 당황하게 만드는 거 그만 해라 ㅋㅋㅋ

: N○K가 만들어낸 부정적인 유산이군.

"오늘은 게스트도 없으니까 느슨~하게 다른 라이버들의 방송이라도 견학할 생각이야~."

: 좋은데!

: 오버

: 솔직히 이런 느슨한 분위기의 방송 개꿀

"물론 미리 허가를 받았으니까 안심해~! 자 그러면, 지금은 누가 방송을 하고 있을까~?”

방송 사이트에서 검색을 해보니, 꽤 많이들 방송하고 있었다. 이걸로 기획이 망하지는 않을 테니까 안심이네.

“아, 히카리 쨩 방송하고 있네! 첫 번째는 너로 정했다!”

그러면, 방송 내용은 뭘 하고 있을까~?

어디 보자, 『마츠리야 히카리는 갓일러레가 되고 싶어~!』라고?

짐작하건대, 아무래도 팬 테블릿을 써서 그림 그리기 방송을 하는 모양이군. 하지만 희한하네. 히카리 쨩이 그림 그리기를 전면에 내세운 방송을 하는 건 지금까지 본 적이 없는 것 같은데.

아, 하지만 전에 통화했을 때 요즘 마시롱한테 그림 그리는 법을 배우고 있다는 얘기를 들은 적이 있었지. 그거랑 이어진 거구나!

분명히 그림이 발전하니까 방송에서 보여주고 싶었던 거겠지. 좋아. 그러면 동기의 멋진 모습을 보러 가보실까!

방송 화면을 열자, 히카리가 자신의 아바타 일러스트를 그리고 있는 모습이 나타났다. 그림은 이미 완성이 가깝다. 화면 구석에 나와 있는【그린 라이버 일람】부분에 준비운동이라고 적혀 있으니, 아직 방송을 시작한 지 얼마 안 된 모양이군.

그건 그렇고 확실히 잘 그리네. 갓일러레라고 불릴 차원은 물론 아니지만, 히카리다운 팝하고 밝으며 큐트한 일러스트로 완성되어 있었다.

『……어, 슈와 짱 왔어?!』

아, 아무래도 채팅창에서 가르쳐준 사람이 있는 모양이네. 내가 보고 있는 걸 들킨 모양이다.

기왕이니 채팅도 쳐야지! 어디 보자.

〈코코로네 아와유키〉: 일러스트 귀여워!!

이거면 되겠지!

『정말?! 에헤헤. 준비운동으로 조금 대충 그린 부분이 있으니까 부끄럽네…… 하지만 고마워! 그렇지. 기왕 와줬으니까 첫 번째는 슈와 짱을 그릴게!』

진짜로?! 이건 최고의 타이밍에 보러 온 걸지도 모른다!

재빨리 새로운 캔버스를 준비하고 구도를 생각하기 시작하는 히카리. 이건 가슴이 설렌다.

『그러니까, 슈와 짱은 겉모습이 어른스러우니까 부드러움과 요염함을 의식해서~.』

그리기 시작한 지 약 20분 뒤, 캔버스에 히카리의 테이스트가 묻어난 틀림없는 내 모습이 태어나 있었다.

"좋네. 최고야! 칠 수 있어! 나 자신으로 칠 수 있다! 내 몸으로 욕정해서 내 몸으로 발산한다. 이것이 진정한 딸쟁이스트라고 생각지 않나? 리스너도 다들 본받으라고."

아마도 방송의 템포도 생각하여 단시간에 그린 것이지만, 나는 이미 대만족하여 극한의 유열을 즐긴 몸이다.

하지만 아무래도 히카리 쨩은 뭔가 납득이 안 되는 모양인데…….

『응…… 나쁘지 않지만 뭔가 부족하단 말이지……. 뭘까?』

그만큼 진지하게 그려준 거겠지. 기쁠 따름이야.

그런 생각을 하는 참이었는데—.

『슈와 쨩은 더 파괴력이 있는 이미지란 말이야. ……응? 파괴력? 파괴력은 다시 말해서 강함……. 이 그림에 부족한 것, 그건 혹시 강함?』

어, 어라? 얘 뭔가 이상한 말을 하기 시작했는데? 이거 괜찮나?

『그렇구나! 드디어 중요한 걸 깨달았어! 이건 아직 압도적으로 강함이 부족해. 이래서는 슈와 쨩에게 실례야.』

"엥?"

『강함이라 하면 근육이지! 일단 팔에 덧붙이고~.』

"잠깐, 무슨 짓이야아아?!"

갑자기 내 팔이 근육으로 다섯 배 정도 굵게 변했다.

『다음은…… 가슴도 이래서는 작네에.』

오, 다행이다. 드디어 제정신으로 돌아왔나?

『이런 느낌으로~.』

“아니야. 그건 가슴이 아니라 대흉근이야아~!!”

그런 말을 반복하는 틈에 완성된 것은, 강철 같은 광택을 뿜어내는 단련된 팔, 훌륭하게 부풀어 올라 터질 것만 같은 대흉근, 탱탱함을 넘어서 울퉁불퉁한 허벅지를 가진 슈와 쨩 같은 무언가였다.

『멋진 그림을 그렸어!』

“이건 이제 알 수가 없어.”

: 아놀드 슈와 쨩네거네.

: 팔에 다리가 돋아 있는데!

: 다비드상이 쫄았다. 헤이헤이헤이!

: 등에 귀신의 얼굴이 깃들어있을 듯.

: 엄청나군. 스트제로로 단련된 진짜배기 육체다.

『후우, 한 장 완성했으니까 투명의자는 조금 풀게요~. 다리가 비명을 지르고 있어.』

“네?”

어, 뭐라고? 지금까지 투명의자였다는 거야?

그 말에 당황하다가, 히카리의 방송 화면 구석에 이렇게 적혀 있는 걸 깨달았다.

【그림 그리는 중에는 계속 투명의자!】

『하지만 이 비명이 또 히카리를 성장시키는 거야! 다들 지켜봐 줘! 히카리는 한계를 넘는다!』

아니, 뭘 위해서? 그걸 해서 뭘 목표로 하는 거야? 대답을 얻고자 열심히 생각하고 생각해봤지만, 어차피 이해 못 할 테니까.

〈코코로네 아와유키〉: 최고의 그림 고마워!

그렇게 채팅을 치고서— 나는 생각을 멈추었다.

정말로 라이브온은 터무니없는 녀석밖에 없다니까!

"다음은 누구 방송을 보러 갈까~."

: 섹세이 님 하고 있어!

: 정말이다 ㅋㅋㅋ

: 섹세이 님 희망.

: 본래 방송 예정이 없었는데 슈와 쨩이 오니까 한다고 카탓타에서 그랬어.

: 엄청 들떠 있어서 빵 터짐

"누오오오……."

: 노골적으로 싫은 목소리ㅋㅋㅋ

: 그 목소리 뭐야ㅋ

: 섹세이 님이 와주면 좋겠다는 눈으로 이쪽을 보고 있다!

"그치만 섹세이 님이잖아? 절대 제대로 된 방송 아니지 않아?"

: 인상만 가지고 말하는 거 실화냐ㅋㅋ

: 편견이라고 말하고 싶지만, 사실이니까 뭐라고 할 수가

없네.

: 어, 어쩌면 슈와 쨩을 위해서 아껴뒀던 청초한 기획을 준비했을지도 몰라!

: 그럼!

: 슈와 쨩 입으로는 그런 말을 하면서도 사실은 세이 님 엄청 좋아하잖아.

: 츤데레의 매운 맛 스트제로 졸귀

: 동기도 아닌데 이렇게 사이좋은 것도 보기 드물지…….

"……알았어. 그러면 모두가 말한 대로 제대로 된 방송을 하고 있을 거라 믿고 세이 님의 방송을 보러 간다! 난 리스너 여러분을 정말로 믿어!"

자! 클릭!

『네, 그렇게 됐으니 세이 님이 추천하는 야겜을 소개하지. 첫 번째는 이 골든 러브릿체라는 게임. 이 게임은 우와아아아아!!!! 리아아아아아[#28]!!!! 싫어어어어!!!! 리아리아리아리아리아아! 아아아아리아아아아아—』

클릭.

"그러면, 다음은 누구 방송을 보러 갈까~?"

: ㅋㅋㅋㅋㅋ

: 한순간에 방송 창 닫아 버리기ㅋㅋ

: 엄청 발광하고 있어서 겁나 웃김ㅋㅋ

#28 리아 성인용 미소녀 연애 시뮬레이션 게임 「금빛 러브리체」의 진 히로인 「소마 리아」.

: 리아는 어쩔 수 없다고.

: 마지막에 찐으로 기분 나쁜 소리 내고 있어서 최고로 섹세이 님이었다.

: 골든 러브리체는 좋다고?

"역시 평소의 섹세이 님이잖아!"

아니 나도 이럴 건 알고 있었거든? 그 섹세이 님이 제대로 된 방송을 하고 있을 리 없잖아. 알고 있었어. 응.

하지만 설마 두 컷으로 끝날 줄은 몰랐다…….

: 미안함다, 쏘리.

: 용서는 구하지 않는다.

: 한 번만 더!

: 나도 부탁해!

: 앞부분 조금만이면 되니까!

"그래그래. 알고 있어요~. 뭐, 처음부터 볼 생각은 있었으니까."

: 역시 츤데레잖아!

: 역시 좋아하는군.

: 동족이니까.

좋아, 재개해볼까~. 클릭~.

『실례. 플레이했을 때 기억이 되살아나서 흐트러져버렸다. 마음을 가다듬고, 다음 작품은 이 X채널이라는 게임이다. 이 게임은……』

“『우와아아아아!!!! 타이치이이이이싫어어어어[#29]!!!! 타이치, 타이치이이이! 우정은! 대가를! 요구하지 않아아아아하아앙!』”

: 시끄러워어어어!!

: 슈와 쨩도 나란히 발광해서 빵 터짐ㅋㅋㅋㅋ

: 이건 예상 밖이었다. 슈와 쨩도 X채널 했구나ㅎㅎ

: 이 건 심 하 다

: 최근에 드물게 본 대참사.

: 그리고 세이 님은 에로뿐 아니라 의외로 시나리오 게임도 좋아하는구나.

: 에로는 너무 뜨겁게 논하다가 BAN 당할 수 있으니까, 라고 추측.

『어디 보자. 세 번째는 이 작품. 누키게 같은 마을에 살고 있는 빨래판은 어떡하면 좋을까요? 다.』

“어? 뭐라고오? 스트제로 같이 사람을 글러먹게 만드는 캔에 의존하고 있는 주정뱅이 VTuber는 어떡하면 좋을까요, 라고 했어?”

: 귀로 스트제로를 빠셨나요?

: 사람을 글러먹게 만드는 소파 같은 말 하지마 ㅋㅋㅋ

: 자각은 있었구나…….

#29 **타이치** 성인용 비주얼노벨 게임, 「CROSS†CHANNEL」의 주인공 「쿠로스 타이치」. 그의 대사 중 하나가 「우정은 대가를 요구하지 않는다」이다.

: 정말로 어떡하면 좋을까…….

: 요, 요즘은 술에 의존하는 것도 상당히 줄었다고 카탓타에서 그랬잖아!

: 이렇게 소재로 삼을 수 있으면 안심이야. 정말로 글러먹은 사람은 소재로도 못 다뤄. 출처는 나다.

: 위에 형씨, 강하게 살아라…….

『어라? 아와유키 군이 와 있어?!』

아, 드디어 보고 있는 거 들킨 모양이네.

응?! 거기다 왠지 섹세이 님한테서 통화 요청이 들어왔는데!

“아, 여보세요~?”

『여보세요, 아와유키 군? 만나고 싶었어.』

“만나고 싶었으면 야겜 이야기 같은 건 하지 마세요.”

『일부 생물은 썩은 거나 냄새나는 것에 몰려오잖아? 다시 말해서 그런 거야.』

“혹시……가 아니라, 제가 바보라고 말하는 거죠?!”

이 사람은 정말이지…….

하지만 가만히 생각해 보면 카탓타 등으로 자주 대화는 했지만, 세이 님이랑 이렇게 직접? 대화를 하는 건 오랜만일지도 모른다.

조금 기대하고 있었던 걸 부정은 안 한다. 안 하지만.

『기왕 방송까지 와주셨는데, 무슨 이야기를 할까요?』

『좋아하는 야겜의 장르 같은 건 어떨까?』

“배빵 당하고 싶으세요? 최면물 같은 거 엄청 좋아합니다.”

: 야ㅋㅋㅋ

: 대답은 하는 거냐~.

: 청초 캐릭터가 하필이면 최면물을…….

: 합니다(만족스럽게)

: 시온 마마가 없으면 멈추질 않아…….

『최면물 좋네. 특히 최면을 고의로 풀거나 해서 반응을 즐기는 건 최고야.』

“오? 전 계속 최면상태인 걸 즐기는 게 최고라고 생각하는데요?”

『엉?』

“엉?”

“『……엉?』”

이 다음, 서로가 만족할 때까지 뜨겁게 좋아하는 시추에이션에 대해서 하염없이 논했다.

서로의 마음을 완전히 연 상태, 그야말로 말의 노가드 복싱.

그리고 서로가 마음속을 모두 털어낸 다음은—

『새로운 시점을 깨달았을지도 모르겠어. 고마워, 아와유키 군. 역시 나와 맞먹는 변태였어.』

“섹세이 님이야말로. 명성에 전혀 지지 않는 멋진 솜씨

입니다!"

더 친해졌습니다!

이것이 훗날까지 전해지는『성벽담론』였다.

: 아~ 완전 엉망이구만.

세이 님과 고도의 담론을 마친 다음, 세이 님은 이제 잔다고 해서 다음 라이버를 찾기로 했다.

본래 방송 예정이 없었는데 나를 위해서 해준 모양이니까, 고마울 따름이야.

머릿속이 좀 엉망이지만 챙기고 돌봐주기 좋아하는 타입이라는 걸 최근에 이해하기 시작했다.

변태긴 하지만.

"아, 하레루 선배 방송 시작했다! 보러 가자! 아앙~, 얼른 연결돼라!"

해냈다, 기분 업되네!

: 하레루 선배 왔다! 이걸로 이겼어!

: 섹세이 님이랑 리액션이 완전 다르네. ㄹㅇㅋㅋ

: 또 섞으면 위험한 사람이 와버렸다.

: 변태와 변태는 서로 이끌리니까. 그 성벽의 숙명이다.

: 죠ㅇ 0부인가?

방송 타이틀을 보니까 매직 바스의 실황을 하는 모양이다.

매직 바스란 것은, 요즘 유행하기 시작한 디지털 대전 카드 게임이다. 현실의 트레이딩 카드 게임과 대단히 비슷하고, 방대한 종류의 카드에서 40장의 덱을 만들어 친구와 대전을 하거나, 디지털의 이점도 살려서 모르는 사람들과 인터넷 대전도 할 수 있다.

나는 한 적이 없지만, 유명하니까 룰은 알고 있단 말이지.

오, 시작, 시작됐다!

아무래도 이번에는 인터넷 대전을 하는 모양이다.

마침 다음 대전이 시작된 참이라 관전하기로 했다.

관전 첫 시합, 간드아~!

일단 각 플레이어에게 처음 세 장의 카드를 나눠준다.

『……코스트 10이 두 장에 9가 한 장. 그렇구나아…….』

“아차~.”

이 게임은 턴 경과에 맞춰서 쓸 수 있는 코스트가 늘어나는 룰이라, 초반에는 1, 2, 3 코스트의 카드가 중요하다. 최대 코스트인 10과 가까운 것만 있는 이것은 대형 사고다.

『이번 덱에 코스트 10은 두 장, 9는 네 장밖에 안 넣었을 텐데 말이야……. 뭐, 세 장 다 전부 멀리건으로 가야겠네. 진정해 진정해.』

그렇다. 이 게임에는 이런 사고에 대비해서 첫 카드 세 장을 한 번만 다시 뽑을 수 있는 멀리건이라는 시스템이 있다. 이걸로 조금은 나아지겠지.

『세 장 다 코스트 9잖아~아!! 내 덱에 순서 정렬 프로그램 넣어놓은 놈 누구야아아아아아!!(타앙!)』

안 나아지네.

하레루 선배가 혼신의 샷건을 선보이자 채팅창이 ㄹㅇㅋㅋ로 도배됐다.

『아, 기분이 너무 업 돼서 책상에 손이 닿아 버렸어! 하레룽 아파~라…….』

: 분명히 지금의 하레룽을 보니까 아프~다. 배가.

: 그만 둬(b)

: 썸즈업한 거 겁나 웃김ㅋㅋ

: 앗, 이게 상대성 이론이란 거구나.

: 맞아.

: 맞아?!

예상대로 이 대전은 초반에 상대에게 밀려서 패배.

아직 이제부터니까, 두 번째 시합 견학 간드아~!

이번에는 아까와 달리 첫 카드도 평범하고, 후반에 들어가서도 괜찮다. 이건…… 이길 수 있나?

『이건 꽤 안전한 거 아닐까? 앗, 하지만 메테오 레인 같은 게 날아오면 위험하네……. 에이, 그래도 괜찮겠지. 왜냐면 지금 환경이면 상대의 덱에 한 장 들어있을까 말까 하니까, 좋아좋아.』

그럼그럼. 일단 이 승부는 이겼고—.

『야아아아아아!! 왜 하필 이럴 때 가지고 있는 거야아아아아아!!(타앙타앙!!!!)』

안 나아지(이하 생략)

하레루 선배가 혼신의 샷건(이하 생략)

『아, 미~안! 위층에 사는 보디빌더가 애용하는 3.5톤짜리 바벨이 바닥을 관통해서 떨어졌나 봐!』

: 톤……?

: 드디어 생판 남 탓을 하기 시작ㅋㅋㅋ

: 아니, 방금 전 히카리 짱의 방송에서 그럴듯한 인물이 태어나긴 했어.

: 아놀드 슈와 짱네거는 이것의 복선이었냐?

: 슈와 짱, 헬스 자중해!

어쩐지 멋대로 내 탓을 하는데, 신경 쓰지 말고 세 번째 시합 관전 간드아~!

『자, 잠깐 휴식하고 팩 까보자! 이건 흐름을 바꿔야 돼. 열 팩 정도는 뽑을 수 있으니까, 한 장 정도는 좋은 카드가 나오겠지!』

오, 이거 좋은걸. 아무래도 팩이라면 하레루 선배라도—,

『……읏!!(타앙타앙타앙!!!!!!)』

안 나(생략)

하레루 선배(생략)

“이건 대체 무슨 일이 일어나고 있는 걸까…….”

타앙
타앙

: 대참사 방송이다!

: 정말로 대참사네요…….

: 슈와 쨩이 보러 가기 전부터 만신창이였으니까 ㅋ

: 이건 뭐 재능의 영역. 아무도 흉내 낼 수 없을 정도의 하찮은 운.

: 모린펜인가?

"완전 빵 터졌어! 하레루 선배는…… 재미있어!"

너무 꿀잼이라서 어딘가의 사과 좋아하는 사신 같은 말을 해버렸다.

정말로 신에게 사랑받는 거 아닐까 싶은 사람이야.

『아, 슈왓치 왔어? 진짜? 그러면 마침 잘됐네. 책상의 축적 대미지가 걱정되니까 오늘의 매직 바스는 이 정도로 하고, 마지막은 슈왓치를 카드로 만들고 끝낼까 합니다.』

"네?"

『코코로네 아와유키 / 종족 : 스트제로 / 마법 카드 : 【0에 이르는 술】을 이 카드에 사용했을 때 진화한다. 이 카드는 진화한 뒤 【여성 특공】, 【방약무인】, 【우주적 공포】, 【살아있는 전설】을 취득한다. / 카드 해설 : 암컷이 좋다. 술이 좋다. 모두가 좋다.』

"어째서인지 멋대로 카드가 됐는데요?!"

: 우주적 공포ㅋㅋㅋ

: 살아 있는 전설도 어우러져서 모 신화의 생물 같아졌구만.

: 신화의 생물이라고 해도 납득할 자신은 있어.

: 크툴루랑 사이좋을 것 같아.

: 카드 해설의 내용이 어쩐지 좋다.

마지막까지 완전히 하레루 선배다운 방송이었다.

나도 오늘은 이 정도로 해야지. 가끔은 이런 느낌의 방송도 좋네!

그건 그렇고 하레루 선배, 세이 님 말로는 나한테 충격을 받았다고 했는데, 방송 소재로 삼아주기도 하니까 적어도 나쁜 인상을 가진 건 아닌 것 같네. 정말 다행이야…….

내가 여기 있는 것도 거슬러 올라가 보면 근원에 하레루 선배가 있다. 다시 말해서 은인이라고 할 수 있다.

얼른 만나보고 싶어…….

제4장

라이브 스타트

♪———♪(스마트폰 착신음)

"네, 여보세요!"

"아, 안녕하세요? 유키 씨. 스즈키인데 오늘 시간 괜찮아요?"

"안녕하세요? 네 괜찮아요."

"기획에 대해 할 얘기가 있는데요."

"아, 혹시 그 노래 콜라보요?"

"아, 그래요, 그거. 알고 있었어요?"

"마시롱한테서 기획이 움직였다는 말만 들었어요……. 혹시 들으면 안 되는 거였어요?"

"아뇨! 라이버들 사이에서는 문제없어요! 아마 마시로 씨가 녹음이 조금 빠르니까 기획 설명 연락이 빨랐던 거라고 생각합니다."

"아, 녹음을 따로 하는 건가요?"

"네. 스튜디오에서 녹음을 하니까 아무래도 한 번에 전원은 무리였어요. 소수로 나눠서 녹음합니다."

"그렇군요. 알겠어요."

마시롱이랑 콜라보 방송을 한 다음날, 이야기를 들은 그대로 스즈키 씨가 기획 설명의 전화를 했다.

사실은 처음에 기획을 들었을 때부터 언제쯤이려나 기다리며 근질근질했었는데. 드디어 이때가 왔구나 싶은 심정이었다.

라이브온의 라이버 모두가 모이는 대규모 콜라보는 이게 처음이다. 물론 기대가 되기도 하지만 뭔가 실수를 하지 않도록 긴장을 풀지 말아야지.

"녹음 일정 말인데요. 이번 주의 금요일 오후 3시부터 어떠세요?"

"물론 괜찮아요!"

지금은 수입이 있는데도 무심코 「NEET니까 시간 내는 건 완벽해요」라고 말할 뻔했다는 건 비밀이다.

내가 할 말은 아니지만 성장했구나아……. 몸부림치며 괴로워하던 그 무렵도 지금은 좋은 추억이 됐다고 할 수 있다.

응. 나한테는 괴로운 과거를 극복했다는 자신감이 분명히 존재한다. 그러니까 이번 콜라보도 이 자신감을 잊지 말고 도전해야지!

"그러면 그날 그 시간 10분 전에 사무소에 와주세요. 사무소에서 차를 타고 스튜디오까지 이동합니다. 저는 스튜디오 쪽에 일이 있으니까 운전수가 누가 될지는 현재로서는 모르겠지만, 사원 중에서 누군가가 대응해줄 거예요."

"네~에."

"아, 곡의 데모 음원도 보내둘 테니까 들어두세요."

"하루 종일 반복 재생할게요!"

"하하. 그러면 당일에 잘 부탁드립니다."

전달사항도 다 들었고, 이걸로 전화는 종료했다.

응. 숙취로 노래를 못하게 되면 최악이니까 오늘은 술 마시지 말고 자자!

그리고 맞이한 금요일——.

"아, 타나카 씨군요! 금방 담당자를 부를 테니까 조금만 기다려주세요."

밖에서 점심을 먹은 다음, 약속대로 사무소에 도착했다. 분명히 예정 시간 10분 전이다.

지금은 접수원 언니 말을 듣고 조금 긴장하면서 운전사를 기다리고 있었는데…….

"기다렸지, 안녕? 아와유키 양!"

"어?"

접수원 언니가 데리고 온 건 작은 여자애였다.

"어, 저기……."

"운전을 담당할 『모가미 히나타』야. 잘 부탁해!"

"에에에?!"

운전이라니, 이 애가?!

눈앞에 있는 그녀의 모습은 신장도 아마 145센티미터 정도고, 무엇보다도 생김새가 앳되다. 시온 선배도 상당히 어린 느낌이지만 비교가 안 될 정도의 동안이다.

아무리 봐도 중학생 같아 보이는데…….

당황과 놀라움이나 여러 가지 감정이 덮쳐서, 도움을 청하려고 접수원 언니에게 시선을 돌렸는데…….

"아하하. 걱정 안 해도 모가미는 분명히 당사의 사원입니다."

"지, 진짜로요?"

"참고로 유키 씨보다 연상이에요."

"에엑?!"

"에헴!"

가슴을 쭉 편 모양이지만, 너무나도 평평한 가슴 탓에 아직도 정말인지 믿기지 않는다…….

그러나 사원이 하는 말이니까 틀림없을 거다. 일단 차로 안내를 하려고 먼저 걸어가는 모가미 씨를 따라갔다.

"평범한 경차라 미안해. 좀 더 멋진 걸 준비할 수 있었다면 좋았을 텐데."

"아, 아뇨."

"탱크로리 같은 걸로."

"제가 생각한 멋진 거랑 방향이 다른데요?!"

조금 전부터 계속 희롱당하는 나와 정반대로, 모가미 씨는 즐거운 기색으로 솜씨 좋게 출발 준비를 시작했다.

나도 조수석에 앉아서 막상 출발했는데, 사실은 이 사람이 운전하고 있다는 사실을 아직도 머리가 이해하질 못해서 가만히 운전하는 모습을 응시해 버린다.

"나 말이야. 이런 모습이라 가끔 경찰들이 정말로 면허증 있는지 의심해서 정차 요구를 하는 일이 있어."

"아, 그래요?"

"그러니까 차라리 내 면허증을 엄청 크게 프린팅해서 차 전체에 붙여 버릴까 생각한 적이 있는데, 아무리 그래도 그만뒀어."

"면허증 이타샤[#30]요?! 개인 정보가 흘러넘치잖아요?!"

"그리고~, 벌써 면허 딴 지 꽤 지나서 초보운전 마크 필요 없는데, 뭐 같은 이유로 의심을 받아."

"아아~, 있을 법하네요."

"그래서 전체에다 초보운전 마크를 튼튼하게 붙인 이타샤를 만들어 버렸어!"

"정말로 만들었어요?! 그런 광기 서린 차를?!"

"생각보다는 멋있어서 마음에 들었는데. 이것도 탈 때

#30 이타샤 자동차의 전면에, 캐릭터 등의 일러스트가 프린팅된 그림이나 사진을 시트로 붙인 것을 칭한다.

지나치게 주목을 받고, 애당초 내가 초보운전이 아닌데 왜 전력으로 초보운전 어필을 하고 있는 걸까? 라는 생각에 자중해서 그만뒀어."

"심지어 마음에 들었던 데다가 실제로 운전도 했어요?!"

이, 이 사람 대체 뭐야?! 라이브온의 라이버 중에도 이렇게까지 사고가 맛이 간 사람 있을지 모르겠는데!

그다음에도 튀어나오는 기인 에피소드에 당황했지만, 운전 자체는 안전운전인 데다가 익숙한 기색으로 순식간에 목적지인 스튜디오에 도착했다.

"오, 야호야호~!"

"응?"

막상 스튜디오에 도착해서 차에서 내린 우리를, 여성 한 명이 맞이해 주었다.

파란색으로 머리칼을 물들이고, 나도 그렇게까지 잘 알지는 못하지만 이른바 하라주쿠계라고 추정되는 패션을 입고 있었다. 나와 정반대인 화려한 복장이지만, 아마도 같은 나이나 조금 연상일 거다.

고개를 갸웃거리는 나와 대조적으로, 옆에 있는 모가미 씨는 기쁜 기색으로 여성에게 달려갔다.

"린린! 아직도 있었어?"

"응. 기껏 왔으니까 다른 사람 녹음도 옆에서 좀 들어볼까 했거든. 하지만 다음 일정이 있으니까 유감이지만 이제 돌아갈 거야."

"그렇구나."

"있지, 모가모가. 혹시 그쪽 여자애가?"

"그래! 라이브온의 디○ 브란도, 아와유키야!"

"술! 마시지 않을 수가 없어!"

"누가 ○오인가요!"

어쩐지 청초 모드로 있으면 놀림거리로 정착이 될 것 같다고 생각하면서, 지금 두 사람의 대화를 듣고 이 여성의 정체를 어렴풋이 짐작했다.

아마도 이 분도 라이브온의 라이버이며, 이미 녹음을 마치고 돌아가는 참이겠지.

그리고 라이버의 이름은—.

"자, 린린. 일단 자기소개를 해야지."

"아차, 실례! 냐냐~앙! 히루네 네코마, 본명『스즈나리 린』입니다~!"

"처음 뵙겠습니다, 코코로네 아와유키. 본명 타나카 유키입니다. 역시 네코마 선배셨네요. 아, 스튜디오에서 라이버 이름을 부르는 건 안 좋은가요?"

"아니. 스튜디오 주변은 엄중하게 라이브온 관계자만 있으니까 괜찮아! 하지만 일단 밖에서는 작은 소리로."

"알겠습니다."

응. 이 통통 튀는 독특한 인토네이션의 말투. 틀림없이 네코마 선배다.

뭐라고 할까. 세이 님이나 시온 선배 때도 생각했지만, 지금까지 구름 위의 존재였던 사람이 눈앞에 있는 건 현실감이 없어서 엄청 신기한 기분이다.

언젠가는 나도 선배가 될 때가 오는 걸까……?

"지금 마시로 쨩이랑 히카리 쨩의 녹음이 마침 끝난 참이야."

"아, 그렇군요."

"그럼 또 봐~."

다시 말해서 이다음에 동기 두 사람하고도 실제로 만날 수 있다는 거구나.

둘 다 콜라보를 상당히 많이 하지만, 오프로 만나는 건 처음이니까 데면데면하지 않을까 걱정인데…….

네코마 선배는 상당히 서두르는 기색이었기에 여기서 헤어지게 됐다.

"좋아. 그러면 아와유키 양, 가자."

"네!"

드디어 모가미 씨 뒤를 따라 스튜디오 안에 들어갔다.

안에선 많은 사람들이 바쁘게 움직이며 기재나 서류를 보고 있었다.

스즈키 씨의 모습도 보인다. 바빠 보이면서도 들어온 우리를 깨닫고 눈인사를 했다.

그 안에서도 내 시선을 강하게 끈 것은, 주변하고는 달리 일을 끝내고 릴랙스 모드에 들어가 돌아갈 준비를 하면서 담소하고 있는 두 사람이었다.

"수고했어~! 긴장 엄청 됐네!"

"수고했어. 노래 꽤 당당하게 한 것처럼 보였는데 정말로 긴장했어?"

"정말이야! 마시로 짱은 빈틈없이 소화했네."

"그래? 다행이다. 그렇게 보였으면 안심이야."

응. 저 두 사람은 마시롱과 히카리 짱이 틀림없는 것 같다. 아마도 나보다 앞의 녹음이 이 두 사람이었겠지.

"자, 다녀와!"

"우왓?!"

어떻게 할지 조금 망설이고 있는 참에 모가미 씨가 등을 강하게 밀어서 나는 강제로 두 사람 앞에 섰다.

"오? 누구신지?"

"……혹시, 아와 짱?"

"응, 처음 뵙겠습니다……."

"오오! 리얼 아와유키다!"

우오오오오오오!! 어쩐지 낯간지러워!

실제로 만난 마시롱은 아바타와 마찬가지로 키가 작고, 슬렌더하며 어쩐지 덧없는 여성이란 느낌이었다.

그에 비해서 히카리는 한 마디로『인싸』. 이것밖에 없다.

풍기는 오라부터 엄청 반짝거린다.

"훗. 아와 쨩, 왜 그래? 그렇게 위축돼선?"

"그게. 두 번째 『처음 뵙겠습니다』란 느낌이라서 어떤 식으로 말을 하면 좋을지 모르겠어서……."

"아아, 정말이네. 기껏 이렇게 실제로 만났으니까 자기소개라도 할까? 마시롱, 본명 『사쿠라비 하쿠』야."

"마츠리야 히카리, 본명 『사사키 나츠미』입니다!"

"코코로네 아와유키, 본명 타나카 유키입니다."

………….

"""풉. 아하하하하하핫!!"""

서로를 잘 아는 사이끼리 자기소개를 한다는 참으로 이상한 상황에 셋이 나란히 웃음이 터져 버렸다.

응. 실제로 목소리를 들어보니 상당히 위화감도 사라진 것 같아. 이제 괜찮아.

"기왕 만났으니 대화를 하고 싶지만……. 스탭들이 기다리니까 아와 쨩, 얼른 다녀와."

"응, 그렇네."

"다음에 셋이서 얘기하자!"

두 사람과 헤어지고, 드디어 내 파트를 녹음한다.

처음에는 스즈키 씨랑 작곡가까지 셋이서 노래할 부분이나 창법 등의 지도를 받았다.

이번 곡을 만들어준 건 애니송계의 초거물 작곡가다. 라이브온, 너무 힘을 줬잖아…….

내가 노래하는 건 1절의 후렴 바로 앞인가 보네.

곡은 몇 번이나 들었으니 벌써 완전히 머리에 들어와 있다. 그럼 간다!

"후우."

처음에는 긴장해서 목소리가 떨렸지만, 어떻게든 녹음을 마칠 수 있었다.

『아와유키 씨는』 청초한 느낌으로 노래해 달라고, 지도를 받을 때 지시를 들었다. 그래서 파워풀함을 억누른 분위기를 중시한 창법이 신선했다.

아~, 무사히 마치고 안심했더니 몸에서 힘이 빠져나간다. 지금 나는 마치 연체동물처럼 의자에 늘어져 있었다.

자, 이제 그만 돌아갈 준비를 해야지.

그러고 보니 내 차례는 솔로 녹음이었는데, 어째서지?

"좋아! 아와유키의 녹음은 끝났으니까, 다음은 나랑 슈왓치랑 같이 녹음한다!"

"엇?"

귀를 의심하게 되는 말이 들려와서, 무심코 맹스피드로 목소리가 들린 방향으로 고개를 돌렸다.

그곳에 어째서인지 운전수 모가미 씨가 나란히 설치된

두 녹음용 마이크 중 한쪽 앞에 서서, 나를 부르는 모습이 보였다—.

"어라…… 응?"

상황을 이해 못하고 머리에 펑크가 났다.

"아, 스즈키 씨. 저, 녹음 끝난 거 아닌가요?"

"분명히 아와유키 씨의 녹음은 끝났어요. 그러니까 다음은 슈와 쨩의 녹음입니다."

"어, 어어?!"

드디어 스탭들이 하는 말을 이해하고 무심코 당황해 버렸다.

실마 이 사람들, 아와유키와 슈와 쨩을 다른 사람으로 카운트해서 녹음할 셈이었어?!

설마 나만 두 파트 녹음?! 분명히 언제나 다른 사람 같은 느낌으로 방송하고 있지만, 이렇게 되는 건 예상 밖이었다.

"하, 하지만 저기! 술은 어떡해요? 아무리 저라도 일을 하는 이런 자리에서 마시는 건 망설여지는데요……."

"그럴 필요는 없어!"

"네?"

강한 목소리로 답한 것은 내 머리를 혼란시킨 또 하나의 요인, 모가미 씨였다.

그렇지. 저 사람은 라이브온의 사원일 텐데, 어째서 마이크 앞에…….

────응? 라이브온의 사원…… 나는 분명히 그렇게 모가미 씨를 소개 받았다.

그러나 라이브온의 사원일 뿐이라고는 안 했다─.

다시 말해서 그건 그녀가 라이브온의 사원이면서 『VTuber』일 가능성이 있다는 것. 그렇다면 지금 그녀가 마이크 앞에 서 있는 것도 이상하진 않다.

그리고 그런 경력을 가진 라이버가 라이브온에는 딱 한 명 존재한다─.

서, 설마?!

"후하하! 드디어 깨달았구나, 아와유키 쨩! 내가 모두의 마음속 태양, 아사기리 하레루다!"

"어라? 라이브온 만악의 근원이 아니었던가요?"

"이놈, 스즈킹! 기세를 꺾지 마!"

아아, 어째서 지금까지 깨닫지 못했을까?

이 목소리, 기발한 언동. 별난 닉네임으로 사람을 부르는 점. 내가 지금까지 동경해온 그 사람 자체잖아?

그렇구나. 드디어 모두 이해했다. 다시 말해서 나는 지금부터 동경하는 하레루 선배와 둘이서 녹음을 한다는 거구나.

아아, 위험해. 긴장과 놀라움으로 눈앞이 어질어질하다.

어라? 이 느낌, 전에 한 번 있었던 것 같은데…….

그래. 분명히 라이브온의 면접 때…….

"나에게도 봄이 왔다."

"아아, 이 느낌. 그립네요."

"그렇네, 스즈킹은 면접 때 본 이후로 처음이구나. 극한 돌파 슈와 쨩, 나는 처음이니까 기대돼."

이 해방감. 머리가 스트제로를 마셨을 때보다도 더욱 맛이 갔을지도 모른다.

"으으응기이분죽인다아아아!!!!"

"전부 계획대로."

"모가미 씨, 즐거워 보이네요."

"당연하지, 스즈킹! 나는 어떻게든 아와유키 쨩과 슈왓치 양쪽을 녹음하고 싶었어. 그렇다고 억지로 술을 먹이는 건 사람으로서 논외지. 그러니까 면접 때 아와유키 쨩이 술을 마시지도 않았는데 슈와 쨩화했던 전례를 참고해서, 이번에는 내 존재를 써서 슈왓치를 발현시킨 거지."

"모가미 씨는 아와유키 씨를 에○게리온이라고 생각하는 건가요? 폭주한단 의미로."

"쑥스럽다구."

"칭찬 아니에요. 그리고, 이렇게 번거로운 일을 할 정도라면 처음부터 두 파트 녹음한다고 아와유키 씨에게 말해두면 좋지 않았을까요?"

"에~이. 그렇게 말하면 전부 꽝이야, 스즈킹~. 서프라이즈라는 건 중요하잖아~?"

으응 기이분 조인다아아아!!

"여전하네요."

그건 그렇고, 하레루 선배가 이렇게나 몸집이 작을 줄은 몰랐다. 임팩트가 강해서 전혀 정체를 깨닫지 못했어.

"합법 로리, 그것은 신이 창조를 허락한 터부이며 살아 있는 기적. 생명의 신비다."

"자, 슈왓치. 이상한 말 하지 말고 녹음 시작한다!"

"네~에! 응? 잠깐만요. 목소리는 다시 말해서 목의 진동, 그러니까 넓은 시점으로 보면 모든 발성도 목의 진동이란 게 되죠. 다시 말해서 노랫소리와 신음 소리는 마찬가지……? 지금부터 저는 하레루 선배와 실질적으로 S○X를 하게 되는 것?"

"나왔구나. 슈왓치 명물, 실질적 논리."

그리고 모가미 씨가 하레루 선배라는 것이 명백해진 시점에서, 슈와 쨩화해버린 내가 아와유키로 돌아왔을 때 나는 이미 집에 도착해 있었다.

일단 스즈키 씨에게 연락을 했더니, 녹음은 제대로 마쳤으니까 문제없다고 한다.

자세한 이야기를 들어보니, 모두 하레루 선배 손바닥 위에서 놀아난 모양이다. 뭐라고 해야 할까. 정말로 예상의 범주를 뛰어넘는 사람이네.

꼭 다시 만나서 이야기를 하고 싶지만, 또 농락당할 것 같다. 하지만 슈와 쨩 모드일 때라면 그건 그거대로 카오스 공간을 만들어 섞으면 위험해질 것 같단 말이지.

그건 그렇다 치고, 완성된 노래 동영상이 드디어 공개되었다.

곡명은『라이브 스타트』.

후렴 전의 아와유키 말고도, 슈와 쨩은 하레루 선배와 함께 C파트에 넣는 추임새를 담당한 모양이다. 그런데 그 부분만 노래의 박력이 너무 달라서—

: 왜 이 두 사람은 노래로 복싱을 하는 거냐?

: 목소리로 서로를 때리고 있어ㅋㅋㅋ

: 여기만 레벨이 너무 다르잖아요.

: 슈와 쨩과 아와 쨩 따로따로라서 ㄹㅇ웃김.

: 역시 라이브온, 기대를 배신하지 않는다.

채팅창은 이렇게 태클을 거는 식이었다고 하는데, 동영상 자체는 대단히 인기가 높아서 순식간에 100만 재생을 돌파하는 대성공을 거두었다.

참고로 스즈키 씨에게 들은 이야기로는, 정말로 두 사람 다 눈에 핏발이 선 채 노래를 했기 때문에 평범하게 공포를 느꼈다고 한다. 면목이 없네…….

뭐, 끝이 좋으면 다 좋은 거라고 생각해야지.

에필로그

그 사건 이후 내가 톱 VTuber의 길을 달려가기 시작한 뒤로 꽤 시간이 흘렀다.

그렇게나 비굴했던 내가 지금은 스스로의 개성을 이해하고, 웃음으로 바꾸고, 수많은 사람에게 즐거움을 주는 방송을 할 수 있게 됐다.

예상치 못한 사태를 통해 대역전, 정말로 인생은 앞날을 알 수가 없다.

이것도 모두 지탱해준 동기, 선배, 라이브온의 스탭들, 그리고 내 방송을 즐겨주는 리스너들 덕분이다.

어째서 그런 나답지도 않은 감상에 빠져 있는가 하면, 최근 라이브온이 빅뉴스를 발표했기 때문이다.

【라이브온, VTuber 4기생 대모집!!

채용기준은 오로지 하나, 『빛날 수 있는 사람』!

당신의 가장 빛나는 인생(라이브) 시작의 스위치를 ON하지 않겠어요?】

그리고 오늘이, 새롭게 라이브온에 가입하는 4기생의 발표일이다.

전부터 언젠가는 이 때가 올 거라고 생각은 하고 있었다.

그러나 실제로 소식을 듣자, 마음의 약동을 느끼지 않을 수 없었다.

드디어 나— 선배 데뷔합니다!

후배가 생기는 겁니다, 흥분할 법도 하잖아요!

이런 나를, 선배라고 부르며 따라주는 애가 생긴단 말이죠!!

……어? 따라주겠지? 스트제로 중독의 자칭 이중인격 찐 백합 성애자인 청초한 여자라도 따라주는 애가 있겠지?

아, 그럴 일은 없다. 절대 없어. 응.

왜냐면 나도 그런 인간을 만나면 맨 먼저 도망칠 거니까. 걸어 다니는 7대 죄악 같은 거잖아.

훌쩍……. 어쩐지 나 혼자 멋대로 상처를 입고 마음에 엄청 대미지를 입었지만, 마음을 가다듬고 가자.

누가 뭐래도 이제부터 소중한 신 멤버의 첫 무대인 것이다. 웃으면서 맞이해 주고 싶어.

발표 방법은 지금부터 라이브온의 공식 사이트에서 한 명당 10분의 릴레이 자기소개를 하기로 되어 있다.

라이버 모두의 그룹 채팅도 굉장히 들떠서, 라이버가 총출동하여 방송을 지켜봐 주기로 했다.

왜 이렇게까지 들떠 있는가 하면, 사실 사원도 겸하고 있는 하레루 선배 말고는 4기생들에 대해 전혀 모르기 때문이다.

세 명이라는 것 말고는 이름조차 숨기고 있다. 굉장히 철저해서 대체 어떤 애가 오는 건지 다들 들뜬 마음으로 상상을 부풀리면서 방송을 기다리고 있었다.

나도 너무 신경 쓰여서 전날부터 잠을 제대로 못 잤다.

하레루 선배는「라이브온은 역시 이래야지~ 싶은 멤버를 모았어」라고 했으니까 기대해도 좋다고 생각하는데.

뭐, 천하의 라이브온이니까 걱정 없겠지.

……잠깐만? 그 라이브온, 나 같은 터무니없는 기행종을 3기생 때 채용했었잖아?

……어, 어쩐지 불길한 예감만 들기 시작했는데?!

"아, 방송 시작했다!!"

에이. 괜한 생각은 하지 말자!

아, 참고로 신 멤버가 주역이기 때문에 다른 라이버들은 방송을 쉬고 있었다.

자! 가능하다면 나를 따라주는 애, 컴온!!

『후우……아! 벌써 시작된 겁니까?!』

화면에 한 가득 비친 것은 어쩐지 군복 같은 중2병스러운 디자인의 학교 교복을 입은 핑크색 숏컷의 소녀였다.

머리 왼쪽 사이드에만 투블럭을 넣고, 귀 뒤로 머리칼을 넘겼기 때문에 귀여운 디자인 속에서 멋도 느껴진다. 키는 아마 보통인가?

오호──(´ ω `) 이것은 캐릭터 디자인 담당께서 일을 잘해주셨구먼!

아마도 심호흡을 하는 모양이다. 성대한 숨소리를 마이크에 직격 시켜서 지진이 난 것처럼 동공이 흔들린다.

풋풋하네에~. 그립다. 나도 처음에는 긴장해서 심박수가 엄청났던 것을 떠올렸다.

『저기, 여러분 처음 뵙겠습니다. 소우마 아리스라고 합니다! 평소에는 대학생으로 학문을 배우면서, 레지스탕스라는 이름의 아이돌 그룹으로 활동하고 있습니다! 이 의상도 아이돌 활동 때 입는 것입니다.』

: 이건 상당히…….

: 힘내라~!

: 얼굴이 좋다.

: 모 중사 같은 말투 귀요미

: 아이돌이구나! 분명히 지금까지는 없었네.

: 의상을 보니까 쿨한 아이돌인가?

오. 채팅창도 달아오르네!

꽤 정통파인 느낌이 좋은걸! 역시 불길한 예감은 기우였구나!

『그러면, 사실은 이 자리를 빌어 한 가지 말하고 싶은 것이 있습니다. 사실 이것이 제가 VTuber가 되고자 생각한 이유이기도 합니다.』

오? 뭘까? 갑자기 진지한 목소리가 되니까 채팅창도 술렁거리는걸?

채팅창 안에는 레지스탕스라고 하니까「설마 선배들에게 선전포고를 하나?」하고 말하는 사람도 있다.

거, 거짓말이지? 분명히 위험~한 녀석밖에 없는 라이브온이지만, 반역 같은 건 안 할 거지?

『코코로네 아와유키 공—』

"어?"

지금 내 이름 불렀어?

왜? 왜 지명이지?! 설마 정말로 라이브온에서 손꼽히는 변태로 유명해져 버린 나를 눈엣가시로 여기는 느낌?!

아아아죄송합니다용서해주세요뭐든지할게요! 자, 여기 내 비장의 일품, 지금은 판매가 종료된 전설의 스트제로 트리플 레몬 맛으로 타협하지 않을래?!

우와~앙! 나는 그저 날 따라주는 후배를 바란 것뿐인데 어째서 이렇게…….

『저를 귀공의 여자로 삼아주지 않겠습니까?』

……응? 지금 뭔가 터무니없는 말이 들린 것 같은데?

■ 작가 후기

본편은 재미 있으셨나요? 저자인 나나토 나나입니다.

본작은 WEB 소설 투고 사이트 하메른에서, 2020년 6월 22일부터 연재를 시작한 것이 첫 출처입니다. 모 유명 VTuber 사무소의 5기생이 발표되기 조금 전이군요.

현재는 카쿠요무에서 연재를 하고 있습니다.

여기까지 읽어수신 분이라면 누구든지 생각하시겠지만, 이 소설은 기존의 소설들과 비교하면 상당히 이질적인 장르와 내용, 기술 방식을 사용하고 있습니다. 이 정도로 치우친 작품은 달리 보기 힘들지 않을까요?

저자인 저조차 「아, 이거 서적화 무리구만」하고 짐작했을 정도의 내용입니다만, 설마 판타지아 문고에서 연락이 올 줄이야. 무심코 마음속으로 「판타지아. 머릿속까지. 판타지아」라고 하이쿠를 읊었을 정도입니다. 서적화를 발표하고서 이 정도로 제정신인가 의심을 받은 것은 제가 처음이겠죠(웃음).

또한, 이 소설에 종종 등장하는 카스텔라의 상당수와 채팅 일부는 실제로 WEB에서 독자님에게 받은 것이 채용되어 있습니다.

실제 VTuber들도 리스너가 지탱해주기에 활동할 수 있는 것처럼, 이 소설도 독자님이란 입장의 리스너가 지탱해 주셔서 여기까지 이어올 수 있었습니다.

만약 괜찮으시다면 현재도 하메른 쪽에서 카스텔라 모집 등등을 하고 있으니, 가벼운 마음으로 적어 주시면 저도 기쁘겠습니다.

또한, 이 소설은 내용에도 밀접하게 연관된 VTuber와 스트제로에 대한 대대적인 사랑과 리스펙트로 구성되어 있습니다. 지금까지 쌍방을 접하지 못했던 분도 이 기회에 한 번 손을 대보시면 어떨까요?

그러면, 갖가지 기회가 찾아오게 된다면 2권에서도 다시 만날 수 있기를 기대하고 있겠습니다. 본작을 구매해 주셔서 정말로 감사합니다!

나나토 나나

■ 역자 후기

후후후. 안녕하세요? 고민이 깊은 불초역자입니다.

그래요. 고민이 깊습니다. ㄹㅇㅋㅋ

조금 자랑을 해보자면 역자는 문해력과 독해력이 꽤 높습니다. 번역을 일로 하고 있으니까 당연히 갖춰야 하는 소양이죠. 덕력도 꽤 높습니다. 라이트노벨과 만화 번역이 주력이니까 이것도 소양이라고 할 수 있어요. 또한 검색도 잘 하는 편입니다. ㄹㅇㄹ

그래서 이 책을 읽고 이해하는 건 별로 문제가 없었습니다. 한국어든 일본어든 채팅 용어로 이상한 게 튀어나와도 덕력이 감을 잡아주고 그래도 모르면 손가락이 검색해서 알려주는 법이죠. ㅇㄱㄹㅇ

그렇기에 고민이 깊습니다. 씁. 이걸 어떻게 번역한다. 작가분이 서적화 무리라고 생각하신 것도 지나친 게 아니었어요. 기본적으로 나오는 일본의 채팅 용어도 그렇지만, 쓰인 단어들 자체가 일단 공식 출판 서적에서 잘 안 쓰여요. 그것만이라면 또 모르겠는데 하필이면 형식이 채팅이다 보니까 그걸 서적화에 맞춰서 풀어쓰기도 어렵습니다.

거기에 추가로 일본 국내에서만 쓰이는 각종 코어한 밈의 폭격을 받게 되면 이건 뭐 당해낼 수가 없어요. ㅋㅋㅋ

그래서 역자는 다 내려놓기로 했습니다. 에라, 모르겠다. 작풍에 맞추어 단어 사용에 제한을 두지 않기로 했어요. 솔직히 그거 말고는 다른 방법을 찾을 수가 없었습니다. ㅇㅇㅇㅇ

솔직히 처음 시도해보는 방식이라 꽤 걱정이 되기도 합니다만, 일단 할 수 있는 최선이라고 생각합니다. 그리고 아마 본작이 아닌 다른 작품에서는 이런 고민을 할 필요는 없을 거라 생각해요. 그렇지……. 아무리 그래도 이런 머릿속이 스트제로인 작풍의 소설이 또 나오는 일은 없을 겁니다. 없을 거야……. 아마. ㅎㄷㄷ

그러면 여러분, 본편을 보고 당황하지 마세요. 이건 공명의 함정입니다. 다음 권에서 또 만나면 좋겠습니다! ㅌㅌㅌㅌ

VTuber인데 방송 끄는 걸 깜빡했더니 전설이 되어있었다 1

1판 1쇄 발행 2022년 11월 10일
1판 2쇄 발행 2023년 6월 13일

지은이_ Nana Nanato
일러스트_ Siokazunoko
옮긴이_ 김장준

발행인_ 최원영
편집장_ 김승신
편집진행_ 권세라 · 최혁수 · 김경민 · 최정민
편집디자인_ 양우연
관리 · 영업_ 김민원

펴낸곳_ (주)디앤씨미디어
등록_ 2002년 4월 25일 제20-260호
주소_ 서울시 구로구 디지털로 26길 111 JnK디지털타워 503호
전화_ 02-333-2513(대표)
팩시밀리_ 02-333-2514
이메일_ lnovellove@naver.com
L노벨 공식 카페_ http://cafe.naver.com/lnovel11

ISBN 979-11-278-6573-3 04830
ISBN 979-11-278-6572-6 (세트)

값 7,800원

L NOVEL
가끔씩 툭하고
러시아어로 부끄러워하는
옆자리의 아랴 양
Ну вот
я пришла.
SUN SUN SUN
일러스트 모모코
3
15세 미만 구독 불가
NOVEL

의매생활 1~2권

미카와 고스트 지음 | Hiten 일러스트 | 박경용 옮김

고교생 아사무라 유우타는 부모의 재혼을 계기로,
학년 제일의 미소녀 아야세 사키와 남매로서 한 지붕 아래 살게 됐다.
너무 다가가지 않고, 대립하지도 않으며, 적절한 거리감을 유지하자고 약속한 두 사람.
가족의 애정에 굶주린 고독 속에서 노력을 거듭해왔기에
다른 사람에게 어리광 부리는 방법을 모르는 사키와,
그녀의 오빠로서 어떻게 대해야 할지 몰라 당황하는 유우타.
어쩐지 닮은 구석이 있는 두 사람은,
같이 생활하면서 차츰 편안함을 느끼게 되는데…….
이것은 언젠가 사랑에 빠질지도 모르는 이야기.

완전한 남이었던 남녀의 관계가 조금씩 가까워지며
천천히 변해가는 나날을 적은, 연애 생활 소설.

NOVEL